KB114624

드래곤 레이드 9

크레도 퓨전 판타지 소설

초판 1쇄 찍은 날 § 2017년 7월 19일
초판 1쇄 펴낸 날 § 2017년 7월 26일

지은이 § 크레도
펴낸이 § 서경석

편집책임 § 김슬기
편집 § 조은상

펴낸곳 § 도서출판 청어람
등록번호 § 제387-1999-000006호
등록일자 § 1999. 5. 31
어람번호 § 제1-2732호

주소 § 경기도 부천시 부일로 483번길 40 서경B/D 3F (우) 14640
전화 § 032-656-4452 팩스 § 032-656-4453
http://www.chungeoram.com
E-mail § chungeorambook@daum.net

ISBN 979-11-04-91396-9 04810
ISBN 979-11-04-91103-3 (세트)

FUSION FANTASTIC STORY

크레도 퓨전 판타지 장편소설

드래곤 레이드

9 [완결]

DRAGON RAID

도서출판

청어람

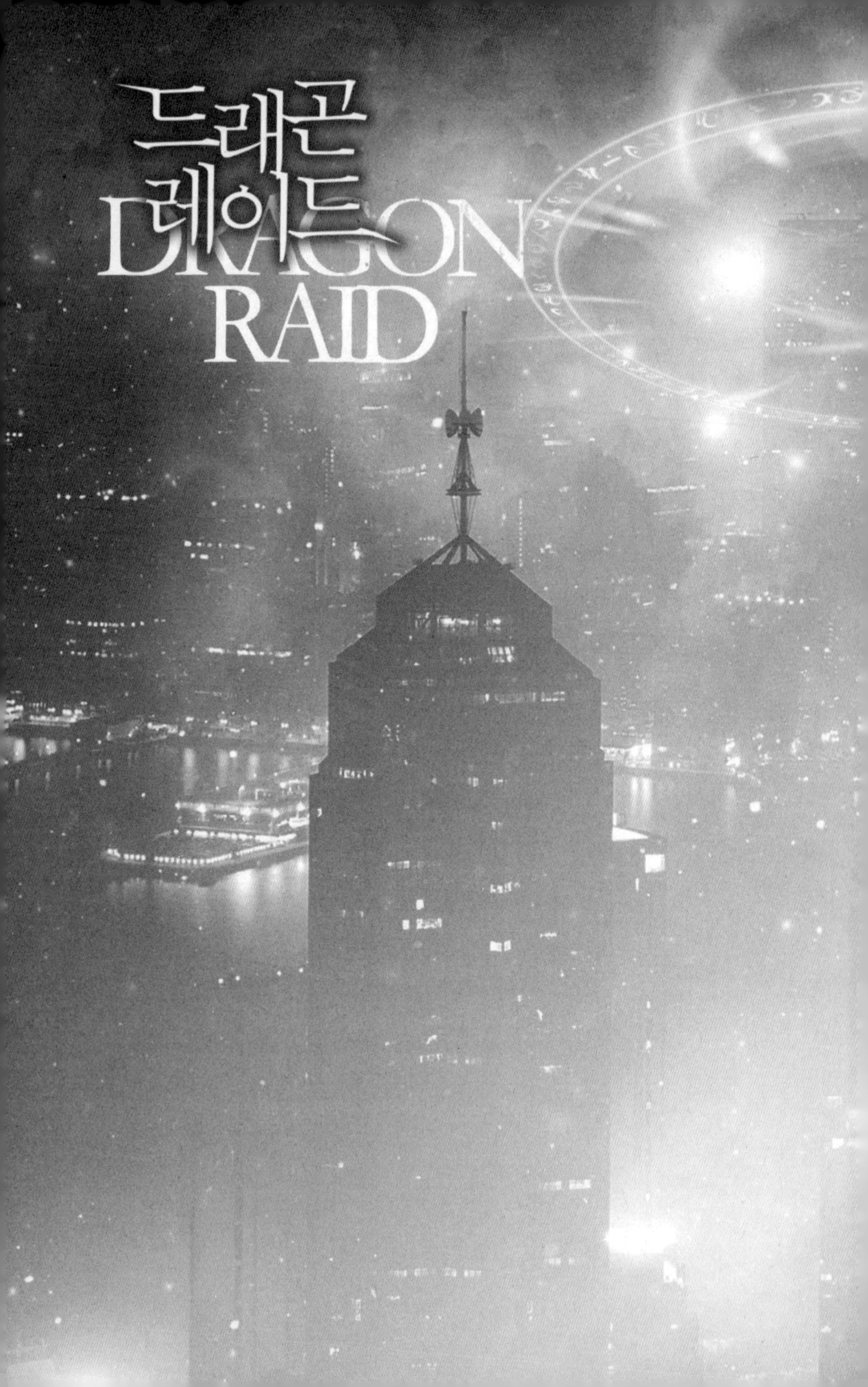
드래곤 레이드
DRAGON RAID

CONTENTS

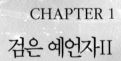

CHAPTER 1

검은 예언자II

　신성은 완전히 자신에게 빠져든 신도들을 보며 흐뭇한 미소를 지었다. 그들이 기도를 하면 신성 랭크의 경험치가 오르니 기분이 좋을 수밖에 없었다. 루나처럼 자신의 신도를 사랑하는 것은 아니지만 신성은 그래도 자신의 울타리에 들어왔으니 책임질 생각이다.

　적어도 삼시 세끼는 굶지 않고 따뜻하게 살아야 했다.

　'당분간 로드의 권능을 쓰는 건 무리겠네.'

　대규모 공간 이동은 많은 권능을 소비했다. 신성 하나라면 문제가 없었지만 저들 모두를 데리고 가는 것은 당분간 힘들었다. 드래곤 로드의 권능은 계속 남발할 수 없었다. 물론 다른 권능은 문제없지만.

결국은 도보로 가야 했다.

모두 굶주려 있어 지금 당장의 이동은 무리였다. 신성은 일단 이곳에서 저들의 굶주림과 피로를 해결해 주기로 했다.

'2만 7천 명 정도라면……'

신성은 계시를 통해 차원의 문을 넘어 식량을 내리고 있었다. 그러나 그것은 소량으로 정해져 있었으니 짧은 시간에 원기를 보충해 주기에는 무리가 있었다. 들고 온 식량도 꽤 많았지만 저들을 다 먹일 수는 없었다. 이미 바닥나기 일보 직전이었다.

그러나 신성은 걱정하지 않았다. 드래곤 로드의 레어, 이제는 자신의 것이 된 드래곤 레어가 있기 때문이다.

신성은 드래곤 레어의 정보를 불러왔다.

레어 물품 검색창, 명령(메이드)을 포함한 여러 메뉴가 보였다. 드래곤 레어의 요리 재료는 종류가 엄청 많을 뿐만 아니라 그 양도 어마어마했다. 드래곤 레어가 사라진 것 때문에 산맥이 주저앉고 지진이 일어날 정도이니 예상은 했지만 이 정도로 많을 줄은 몰랐다. 게다가 창고에는 드래곤 로드의 권능이 깃들어 있어 모두 최고의 신선도를 유지하고 있었다.

명령(메이드)을 누르자 여러 가지 명령이 나왔다. 암살, 전투, 교육 등이 있었지만 신성이 찾는 명령은 요리였다. 청소 옆에 있는 요리를 누르자 명령 이행이 가능한 메이드 목록이 나왔다.

메이드(요리 스킬) 목록
이름 : B23

[S]궁극의 쉐프
드래곤 로드가 수집한 모든 레시피를 습득하고 있는 인형 메이드. 드래곤 로드가 심혈을 기울여 만들었다. 로드의 취향이 듬뿍 담긴 청순가련한 외형에 완벽한 몸매를 지녔다. 앞치마가 무척이나 잘 어울리는 편이다.
B23은 전투 능력은 없지만 드래곤 로드가 오랫동안 개발한 마도공학 기술의 정수가 담겨 있어 여러 가지 성격 설정이 가능하다.

[메이드는 드래곤 레어의 보물에 포함되기에 드래곤 레어를 설치하지 않더라도 언제든 꺼내고 넣을 수 있습니다.]

드래곤 레어에는 요리뿐만 아니라 다양한 분야의 스킬을

지닌 메이드가 존재했다. 교육을 담당하는 메이드도 있었는데 '[A+]엄격한 교육'이라는 스킬을 지니고 있었다. 공부뿐만 아니라 예절, 인성에 관한 교육도 할 수 있어서 레아의 가정교사로 쓴다면 루나가 무척이나 좋아할 것 같았다.

지금은 B23이 필요하기에 신성은 B23을 누른 후 소환 버튼을 눌렀다. 그러자 자동으로 인벤토리가 열리며 신성의 눈앞에 화려한 문 하나가 나타났다.

드래곤의 모습이 양각되어 있는 문이었으나 신성의 마력으로 물들며 신성이 악룡신으로 변했을 당시의 모습이 그려졌다. 화려하던 문이 검은 연기가 감도는 문으로 바뀌었다.

문이 열리며 메이드 복장에 앞치마를 두르고 있는 메이드가 걸어나왔다. 정보에서 본 것처럼 대단히 청순한 미인이었다. 신성의 앞으로 와서 허리를 굽혀 인사했다.

"B23입니다. 주인이 바뀐 것을 인식하였습니다. 설정 정보를 바꾸시겠습니까?"

신성이 고개를 끄덕이자 B23 앞에 정보창이 떠올랐다. 기본 스텟 정보란과 함께 성격 설정이 보였다. 신성은 성격 설정을 보고는 드래곤 로드, 이제는 전 로드가 된 칼인트의 정성에 한숨을 쉴 수밖에 없었다.

청순(기본)

순진무구

요염(추천)

터프……

다양한 성격이 있었다. 신성은 그냥 기본 성격을 눌렀다.
B23의 눈동자에 생기가 돌기 시작했다.

"반갑습니다, 주인님."

"B23. 음, 이제부터 너를 이비라 부를게."

"좋은 이름이네요. 감사합니다."

싱긋 웃으며 고개를 숙이는 모습을 보니 칼인트의 능력에
감탄하지 않을 수 없었다.

"이곳에 있는 모두를 먹여야 하는데 가능하겠어?"

"물론이에요. 저분들의 상태를 보니 원기 회복과 영양 보
충이 필수인 것 같네요. C랭크의 사랑 가득! 영양 충전 빵
이 좋을 것 같아요."

"음, 알아서 해줘."

"네, 잠시만 기다려 주세요. 금방 만들어 드릴게요."

신성에게 고개를 숙이며 이비가 다시 드래곤 레어로 들어
갔다. 그와 동시에 '요리 중'이라는 글씨가 떠올랐다. 이비는
다른 인형 메이드들을 데리고 레어에 마련되어 있는 주방에
서 빵을 만들고 있었다. 무척이나 많은 양이었지만 S랭크에

이른 그녀에게는 아무것도 아닐 것이다. S랭크는 거의 신의 영역이라고 보는 편이 맞았다.

신도들이 신성을 바라보고 있었다. 이비가 나왔다가 들어가는 모습을 보더니 경외감이 가득한 눈이 되었다.

그들은 검은 예언자가 악신의 권속을 다루는 것으로 착각했다. 그도 그럴 것이 신성 앞에 떠오른 드래곤 레어의 문이 악신을 상징하고 있었기 때문이다. 신성은 굳이 그 사실을 알려줄 필요가 없었기에 근엄한 표정으로 하늘을 바라보았다.

이제는 이런 짓에도 도가 터서 제법 그럴듯했다.

신성은 하늘을 바라보며 기도를 하는 척했다. 그러자 신도들도 모두 고개를 숙이며 악신에게 기도했다. 잠시 후, 요리가 완료되었다. 엄청난 양의 요리가 대단히 빨리 만들어진 것이다.

"악신께서 말하셨습니다! 굶주린 자들이여, 내게 오라!"

신성이 그렇게 말함과 동시에 드래곤 레어의 문이 나타났다. 이비가 신성이 두 팔을 펼치고 있는 걸 보더니 잠시 눈을 깜빡였다. 신성이 눈치를 주자 그녀는 싱긋 웃고는 신성과 같은 포즈를 취했다.

그러다가 살짝 다가와 귓속말을 하기 시작했다.

"지금 꺼낼까요? 메이드들을 쓰면 배급이 쉬울 것 같아요. 그리고 치료도 어느 정도 할 수 있고요."

신성이 고개를 끄덕이자 이비가 드래곤 레어의 문을 바라보며 한 차례 손뼉을 쳤다.

드래곤 레어의 문이 거대하게 확장되기 시작했다. 문이 열리며 거대한 솥을 든 메이드들이 등장했다. 메이드의 숫자는 백 명을 넘었는데 특색이 있는 이비와는 다르게 모두 비슷한 모습이었다. 그들은 능력치도 낮은 편이라 드래곤 레어에서 주로 잡일을 담당하고 있었다.

거대한 솥에서 김이 모락모락 올라왔다. 맛있는 향기에 놀란 신도들이 순식간에 주변으로 몰려들었다. 솥을 내려놓은 메이드들이 신도들을 막으며 줄을 세웠다.

이비를 포함한 메이드들이 일사불란하게 빵을 나눠주었다. 메이드들은 기본적인 치료 마법을 알고 있었는데 다친 마족들을 치료해 주기도 하였다.

빵을 먹어본 신도들은 큰 충격에 비틀거리다가 바닥에 주저앉았다. 어떤 신도는 대성통곡을 했고, 맛에 놀라 기절하는 신도도 있었다.

단 한 번도 맛보지 못한 충격적인 맛일 것이다. 미각이 발달한 마족들에게는 천국의 맛이라고 표현해도 될 정도였다.

신성은 이비가 건네준 빵을 바라보았다.

[C]사랑 가득! 영양 충전 빵

메이드 B23, 청순한 이비가 만든 빵.

S랭크에 이른 요리 스킬의 보정을 받아 대단한 빵이 만들어졌다. 이비가 주인을 사랑하는 마음을 담아 만들었기에 빵을 먹는 이들은 모두 충만한 행복을 느낄 수 있다.

드래곤 레어에 있는 좋은 재료로 만들어 영양 또한 가득하다. 생명력이 회복되고 마력이 보충된다.

맛있는 빵이었다. 먹어보니 신성의 입맛에도 꽤 맞았다.

신도들의 신앙심이 계속해서 치솟았다. 자신들을 구해줬을 뿐만 아니라 이런 천상의 빵까지 내려주었으니 신앙심이 가득 차오르는 것은 당연했다.

만든 빵을 다 나눠주고 치료를 끝마친 메이드들이 다시 드래곤 레어로 복귀했다. 이비는 잠시 아쉬운 듯 신성을 바라보다가 깊게 고개를 숙이고 드래곤 레어로 돌아갔다.

'슬슬 이동해 볼까?'

기운을 차린 신도들을 바라보던 신성이 신도들에게 이동할 것이라고 말했다. 신성이 앞장서자 신도들 모두가 신성을 따라 걸었다.

기적의 행렬은 그렇게 시작되었다.

걷는 건 나름 괜찮았다. 가끔은 이렇게 느리게 흘러가는 것도 나쁘지 않은 것 같았다. 칼인트에게서 들은 이야기를 차분하게 정리할 시간이 필요했는데 마침 잘되었다고 할 수 있었다.

'나는 내 할 일을 하면 되겠지.'

신성은 그렇게 결론 내렸다. 신성의 목표는 마계를 정벌하고 용신을 없애는 것이었다. 그럼 어비스와 지구는 안전할 것이다. 그렇게 지켜낸 평화가 언제까지 이어질지는 모르겠지만 말이다.

복잡하게 생각하는 것은 신성의 스타일이 아니었다. 신성은 다시 목표를 재확인하고 고개를 끄덕였다.

골든 하렘으로 가는 길은 신성에게는 아무렇지도 않았지만 신도들에게는 제법 고단한 길이었다. 평원이 사라지고 험한 지형이 나타났기 때문이다. 도중에 마을 몇 곳을 들렀는데 고리악이 신경조차 쓰지 않는 버려진 가난한 마을이었다.

신성이 가만히 있어도 신도들이 악신의 기적을 말해주며 가르침을 전했다. 그 말은 순식간에 퍼져 많은 하층민의 마음을 울렸다.

골든 하렘으로 가는 행렬은 점점 그 부피가 커지기 시작했다. 많은 마족이 악신의 신도가 되어 행렬을 따라왔는데 모두 합쳐 5만 명을 넘게 되었다. 소문은 점점 퍼져 먼 곳에

서부터 찾아온 이들이 있을 정도였다.

신성은 단순히 드래곤 로드의 유산을 얻기 위해 온 것인데 일이 기묘하게 흘러가고 있었다.

'고리악의 병사들인가?'

신성은 고개를 돌려 기척이 느껴지는 곳을 바라보았다.

도중에 고리악의 정찰대원으로 보이는 자들을 발견한 적이 있는데 은밀하게 없애 버렸다. 그럼에도 불구하고 행렬이 워낙 커서 발각될 수밖에 없었다. 이곳은 고리악의 영토였고 그들이 제일 잘 아는 곳이기 때문이다.

신성은 드래곤의 눈으로 먼 곳을 바라보았다. 신성의 예상대로 고리악의 병사들이 대거 몰려오고 있었다. 말같이 생긴 몬스터가 이끄는 마차를 타거나 직접 달려오고 있었는데 그 속도가 제법 빨랐다. 행렬의 속도를 따라잡는 것은 시간문제일 것 같았다.

'죽이는 건 쉽지만 정체를 드러내는 것은 달갑지 않은데……'

악룡신의 힘을 쓴다면 마왕이든 대규모 병력이든 이겨낼 수 있을 것이다. 마왕이 아무리 강해봤자 악룡신을 넘어설 수 없으니 말이다.

신성은 일단 행군의 속도를 높였다. 갓난아이를 껴안고 있는 여신도가 신성의 옆으로 다가왔다.

"예언자님, 이쪽으로 가면… 늪의 강이 나와요. 다리가 있는 곳으로 가려면 여기서 돌아가야 해요. 그곳이 남쪽으로 향하는 유일한 길이에요."

여신도가 조심스럽게 말했다.

'늪의 강이라……'

마계에는 강을 찾아보기 힘들었다. 그 대신 모래나 바위가 녹아 흐르는 곳이 존재했는데 마족들은 그곳을 늪의 강이라 불렀다. 늪의 강에는 수많은 몬스터가 살고 있었다. 모두 강한 독을 지녀서 레벨이 높은 편이었다.

여신도의 말대로 어느 정도 가자 바다를 보는 것 같은 거대한 늪의 강이 모습을 드러냈다.

일반적인 늪지대가 아니라 마치 강처럼 흐르는 늪이었다. 늪의 강은 강한 독성을 띠고 있어 상급 마족이라고 할지라도 견뎌낼 수 없을 것이 분명했다.

신성이 잠시 멈춰 서서 늪의 강을 바라볼 때였다.

"저, 저기 고, 고리악의 구, 군대가……!"

"꺄악!"

"거, 검은 예언자님!"

저 멀리서 치솟는 먼지구름이 보이자 신도들의 얼굴이 절망으로 물들었다. 영지를 탈출한 노예들은 이유를 불문하고 즉결 처형을 당했다. 그러니 신도들이 두려워하는 것은 당연했다.

신성은 다시 늪의 강을 바라보았다.

'해볼까?'

이와 비슷한 이야기를 알고 있었다. 단순히 늪의 강을 건너는 것은 쉬운 일이었다. 얼려 버리면 말끔하게 해결되니 말이다. 하지만 그것은 역시 임팩트가 약했다.

신성은 그가 알고 있는 이야기의 흐름대로 가기로 했다.

"악신이시여!"

"제, 제발……!"

"구해주세요!"

5만이 넘는 신도들이 보고 있다. 그들이 이곳에서 보고 들은 이야기가 마계를 지배할 것이다.

신성은 품에서 예언서를 꺼내 들었다. 그리고 늪의 강을 바라보며 예언서를 들었다. 뇌전의 힘을 일으키니 예언서에 번개가 내리쳤다. 신성은 뇌전이 감돌아 환한 빛을 내뿜는 예언서를 들며 하늘을 바라보았다.

"악신이시여! 저희를 버리지 마시옵소서!"

신성이 외치자 신도들도 간절하게 기도를 하기 시작했다. 신성은 마력을 일으키며 작게 입을 떼었다.

[갈라져라.]

용언이 펼쳐졌다. 워낙 작은 소리라 아무도 듣지 못했다.

그러나 그 위력은 대단했다.

거세게 흐르던 늪의 강이 얼어버린 것처럼 멈추었다. 그러더니 거품이 치솟았다.

휘이이이!

어디선가 바람이 불어오는 것 같았다.

거품이 일던 자리가 갈라지기 시작했다.

"이, 이럴 수가!"

"기적이야!"

늪의 강이 갈라졌다. 하늘에 닿을 것 같은 커다란 두 개의 절벽을 만들어내며 양쪽으로 갈라졌다.

'마력 소모가 꽤 심한데.'

워낙 규모가 커서 드래곤 하트가 아니었다면 감당할 수 없을 정도였다. 신성은 바닥을 바라보았다. 바닥은 다행히 제법 단단한 토양으로 되어 있어 그냥 건널 수 있을 것 같았다.

"악신께서 우리의 기도에 응답하셨습니다!"

신성이 외쳤다.

사실은 용언이었지만 아무튼 기적이 펼쳐졌다.

*　　　*　　　*

고리악.

마족들은 그를 공포의 마왕이라 불렀다.

그의 권능은 공포였다.

상대에게 공포를 불어넣어 무력화시키는 정신 계열이었다. 물론 물리적인 무력도 대단해서 중앙 마왕들을 제외한다면 누구도 그를 함부로 볼 수 없었다.

그가 서부 지역을 정복하자 다른 지역의 마왕들은 몸을 사렸다. 단일 무력은 비등비등했지만 몸집이 크게 불어난 그의 세력이 부담스러웠기 때문이다.

중앙 마왕은 고리악이 난리를 치든 말든 관심이 없는지 중앙 지역에서 나오지 않았다. 그들이 중앙 지역에서 머무르기 시작한 후 대단히 오랜 세월이 지났는데 마왕 중에는 그들의 모습을 보지 못한 이들도 있었다.

중앙 지역은 일종의 성역으로 인식되고 있었다. 그것에 도전하고 있는 것이 바로 공포의 마왕 고리악이었다.

그런 고리악의 얼굴이 분노로 일그러져 있었다. 그가 분노할 때면 늘 대량 살상이 일어났으니 그의 직속 부하라고 하더라도 벌벌 떨 수밖에 없었다.

"그게 말이 된다고 생각하나?"

"기간티아 사, 산맥이 무너진 것은 화, 확실……."

콰앙!

고리악의 주먹이 책상을 내려치자 책상이 그대로 가루가 되어버렸다. 측근들은 꿀 먹은 벙어리가 되었다.

"하, 하하하! 악신의 재앙으로 기간티아 산맥이 무너져 주요 도시는 물론 재배 지역도 사라졌다고?"

고리악은 도저히 믿을 수 없었다. 악신의 재앙에 대해서는 수도 없이 이야기를 들었다. 그는 그것이 모두 중앙 마왕들의 농간이라고 생각했다.

마계에 닥친 겨울도 중앙 마왕의 술수라고 여겼다. 중앙 지역에 펼쳐져 있는 대규모 결계 때문에 중앙 지역의 피해가 제일 적었기 때문이다. 자신의 도전을 경계하여 치졸하게 뒤에서 수작질을 벌인 것으로 생각했다.

세상에 신은 없다.

공포의 권능을 지닌 자신이 곧 신이기 때문이다. 서부 지역을 정벌한 자신이야말로 진정한 신이었다. 그러나 정말 악신이라는 놈이 있다면 자신의 손으로 없애 버릴 것이다.

이 손으로 갈기갈기 찢어버릴 것이다.

고리악은 그렇게 생각했다.

"어떤 상황인가?"

"혀, 현재… 중앙 지역 진출은 고, 고사하고 골든 하렘으로 출병할 병력 보급도 히, 힘든 상황입니다. 구, 군량이 모두 사라져서……."

"…도망친 노예들이 있다고 들었다."

"그… 도로논 백작이 탈출한 노예들을 쫓고 있습니다."

직속 부하 하나가 대답하자 주변에 싸늘한 침묵이 내려앉았다. 고리악은 분노를 가라앉히려 심호흡을 했다.

고리악은 조용히 앉아 있는 부하 하나를 바라보았다. 그나마 가장 유능한 수하라고 볼 수 있는 고위 마족이다. 남성 마족치고는 유약한 외모이기는 하지만 잔혹한 심성을 지녀 고리악과 제법 호흡이 잘 맞았다.

그가 고개를 들어 고리악을 바라보았다.

"이 소문이 퍼진다면 곤란해질 겁니다. 이대로 가다간 골든 하렘에 패배한 꼴이 되기 때문입니다. 골든 하렘을 빨리 정복하여 건재함을 보여줘야 하는데 그렇게 하려면 우선 병력을 움직일 군량이 필요하지요. 음, 악신의 신도들이 악신에게 기도하면 식량이 생긴다는 것을 알고 계십니까?"

"들어본 적이 있다. 헛소문이라 생각했지. 악신이 실재한다면 사실이겠군."

"네, 확인해 본 결과 사실이었습니다. 품질이 대단하더군요. 그걸 이용해서 군량을 비축하면 골든 하렘 정도는 손쉽게 정벌할 수 있을 것입니다. 모조리 죽여 처리하는 것보다 차라리 놈들을 모아놓고 식량을 뜯어내는 것이 어떻겠습니까?"

"호오, 쓰레기 놈들도 쓸모가 있겠군."

제법 그럴듯한 대처 방안을 내놓자 고리악의 기분이 조금은 나아졌다.

"예정된 처형을 취소하고 악신을 믿는 놈들을 잡아들여라. 음, 쓸모없는 놈들에게 악신을 믿게 만들도록. 만약 악신 놈이 식량을 내려주지 않으면 그걸로 선동해도 괜찮겠지. 일이 그렇게 된다면… 노예를 모두 군량으로 만든다. 병사들에게는 흑새 고기라고 속이도록 하라."

"명안이십니다. 지금 도망친 노예들은 어떻게 할까요?"

"병력을 추가 파견해서 모조리 잡아들여라! 한 놈도 빠짐없이 모두!"

고리악의 외침에는 강한 분노가 깃들어 있었다.

도망친 노예를 쫓는 병력은 상당히 많았다. 고리악의 분노를 보여주듯 진격 속도 또한 대단히 빨랐다. 중간에 추가 병력 합류 때문에 시간을 끌기는 했으나 노예 따위를 따라잡는 것은 일도 아니었다.

병력을 이끄는 지휘관은 도로논 백작이었다. 서부 지역을 정복하는 데 큰 공을 세운 마족인데, 마족 여인을 산 채로 잡아먹는다는 소문이 도는 무시무시한 자였다.

소문은 사실이었다. 그는 여인의 비명을 즐기며 느긋하게 식사를 즐기곤 했다.

'늪의 강으로 향했나? 머저리들.'

도로논 백작은 사악한 미소를 그렸다. 늪의 강에 가로막혔으니 사로잡는 것은 시간문제였다. 요즘 들어 고리악과의 관계가 소원해진 편인데 잘 보일 기회가 찾아왔다. 이후 충성심을 증명해 골든 하렘을 정벌할 선봉장으로 뽑힌다면 확실한 권력 기반을 다질 수 있을 것이다.

'고리악 님께서 마신이 되신다면 내가 마왕이 되는 것도 가능하겠지.'

마왕이 되면 영지를 얻을 수 있기에 자신만의 세상을 만들 수 있었다. 도로논 백작의 최종 목표는 바로 그것이었다.

도로논 백작은 선두에 섰다. 나약한 노예들을 잡는 것이니 몸을 사릴 필요가 없었다.

"거, 검은 예언자도 있다는 소문이 있습니다."

"검은 예언자라……. 놈을 잡아간다면 고리악 님께서 기뻐하실 것이다."

측근의 말에 도로논은 기뻐하며 그렇게 대답했다.

도로논 백작은 전 병력을 이끌고 전력으로 질주했다. 늪의 강에 가로막혀 어찌할 바 모르는 노예들을 보니 절로 웃음이 나왔다. 역시 멍청한 노예들은 목숨을 걸고 날뛰어봤자 가축에 불과했다.

도로논 백작은 입맛을 다셨다. 생각보다 노예가 많아 여자 몇백 명 정도는 빼돌려도 티가 나지 않을 것이다. 그가 좋아하는 별미가 가득할 것이다. 벌써 그의 입 안에 침이 고이기 시작했다.

노예들과 거리가 제법 가까워졌을 때다.

"무, 무슨……!"

도로논 백작은 자신의 눈을 의심했다. 거대한 늪의 강이 두 갈래로 갈라지고 있었기 때문이다. 도로논 백작의 얼굴이 경악으로 물들었다.

"마, 말도 안 돼."

"저, 저게 뭐야!"

"아, 악신의 기적이다!"

진격하던 병사들이 주춤거리며 말했다.

"거, 겁먹지 마라! 가벼운 수, 술수일 뿐이다!"

도로논 백작은 뒤로 물러나는 병사를 모조리 죽였다.

노예들이 갈라진 늪의 강을 건너는 것이 보였다. 그곳으로 들어가는 것은 두려웠지만 노예들을 놓칠 수는 없었다. 노예들을 놓쳐 버린다면 그의 입지는 추락할 것이다.

노예 따위도 잡지 못하는 무능한 마족이 될 것이다. 저 광경을 아무리 설명해 줘도 고리악이 믿을 리 없었다.

"전진! 따라잡아라!"

도로논 백작이 명령하자 병사들은 어쩔 수 없이 노예들

을 쫓아 늪의 강으로 들어가야 했다. 병사들의 얼굴에는 공포가 가득했다. 그러나 명령 불복종은 사형이었다. 도로논 백작이 선두에서 병력을 이끌고 있으니 따라가지 않는 모든 마족은 모두 죽을 것이다.

도로논 백작이 이끄는 병력이 늪의 강으로 돌진하기 시작했다.

*　　　　*　　　　*

늪의 강을 건너는 건 간편했다. 보기만 해도 무시무시한 늪의 벽이 양옆에 펼쳐져 있기는 하지만 신성이 마력을 유지하고 있는 한 무너질 걱정은 없었다.

마력이 무지막지하게 들어가기는 했다. 그러나 소비한 만큼 차오르고 있어 유지하는 것에는 전혀 문제가 없었다. 이런 기적을 행할 수 있는 자는 신성과 용신 둘뿐일 것이다.

'정말 따라올 줄은 몰랐는데. 게다가 상당히 많군.'

늪의 강을 거의 다 건너왔을 때쯤 고리악의 병사들이 진격해 오는 것이 보였다. 먼지구름을 일으키며 쫓아오고 있었는데 그 속도가 굉장히 빨랐다. 병력에 신경을 좀 썼는지 병력의 규모가 제법 컸다. 구성에도 신경을 썼는지 다양한 무기를 볼 수 있었다.

신성은 신도들에게 계속 걸으라고 지시하고 맨 뒤에 섰다. 신도들은 몰려오는 병사들을 보더니 필사적으로 달리기 시작했다.

신도들이 품고 있는 삶에 대한 열망이 신성에게 전해져 왔다. 신도들이 원하는 것은 많지 않았다. 그저 살아가고 싶어 했다. 사치를 부린다면 한 줌의 음식, 그리고 바람을 막아줄 곳, 그것이 전부였다.

루나가 이곳에 있었으면 저들이 불쌍해서 눈물을 흘렸을 것이다.

신도들이 건너편에 도착했을 때쯤 신성은 늪의 강과 대지 사이에 섰다. 고리악의 병사들이 코앞까지 도달했다. 당장에라도 잡힐 것만 같았다.

신성의 입가에 사악한 미소가 걸렸다. 도로논 백작은 그 미소를 보는 순간 몸이 절로 떨리는 것을 느꼈다. 신성은 예언서를 들어 보였다.

"악신이시여! 저들을 벌해주시옵소서!"

신성이 외치자 도로논 백작의 앞에 벼락이 떨어졌다. 도로논 백작이 타고 있던 몬스터가 그대로 죽어버리며 도로논 백작이 굴러 떨어졌다.

신성이 마력 공급을 멈춘 순간이다.

드드드드!

굳어 있던 늪의 절벽에서 기이한 소음이 흘러나왔다. 신성이 있는 쪽부터 흔들리기 시작하더니 급격히 무너져 내리기 시작했다.

"으, 으아악!"

"사, 살려줘!"

건너편을 향해 진격하던 병사들이 늪에 파묻혔다. 늪에 파묻히자마자 온몸이 녹아내리기 시작했다. 비명이 들려왔는데 모두 고통에 차 있었다.

"미, 미친! 으, 으아아악!"

도로논 백작은 비명을 지르며 뒤를 향해 뛰기 시작했다. 병사들도 마찬가지였다.

늪의 절벽이 무너져 내리는 속도가 처음에는 제법 느렸다. 전력으로 뛰면 빠져나갈 수 있을 것이란 희망이 보이기도 했다.

하지만 희망 고문일 뿐이었다.

늪 전체가 꿀렁였다. 절벽이 급격하게 무너져 내리며 병사들을 먹어치웠다. 그들이 입고 있던 좋은 갑옷도 늪의 독을 막아낼 수는 없었다. 치익 하는 소리와 함께 모조리 녹아버렸다.

순식간에 많은 병사가 사라져 버렸다. 중급 마족의 단단한 피부가 너무나 연약하게 느껴졌다.

도로논 백작은 병사들을 밀치며 달렸다. 그러나 반대쪽에 있던 유일한 출구도 늪으로 차오르고 있었다.

"아, 안 돼! 끄아아악!"

늪은 다시 하나가 되었다.

도로논 백작은 자신의 몸을 덮쳐오는 늪을 바라보고 있을 수밖에 없었다.

주변에 가득하던 비명도 늪과 함께 사라졌다. 다시 흐르기 시작한 늪의 강은 변함없이 너무나 평온했다.

신성은 늪의 강이 다시 흐르기 시작하자 진한 미소를 그렸다.

[LEVEL UP!]
[LEVEL UP!]

신성은 레벨이 꽤 오르는 것을 볼 수 있었다.

평균적인 레벨은 낮았지만 고위 마족도 껴 있어 제법 경험치가 되었다.

골든 하렘에 주둔하던 병력, 산맥 주변에 있던 큰 도시들, 그곳에 있던 병력, 그리고 늪의 강에 파묻힌 병력.

고리악에게 아주 커다란 타격을 준 신성이었다. 골든 하렘의 경우에는 의도된 바가 어느 정도 있었지만, 다른 사건들은 모두 흐르는 대로 행동하다 보니 생긴 일이었다.

'좋은 게 좋은 거겠지.'

어쨌든 릴리스를 그 지경으로 만든 고리악에게 큰 피해를 주었고 레벨도 크게 올랐으니 말이다.

레벨은 630에 도달했다. 에이션트 드래곤이 되어 얻은 경험치가 굉장히 컸다. 신성은 얻은 스킬 포인트를 모조리 드래곤 스킬에 투자했다.

[신도들이 악신의 기적에 감동하였습니다.]
[늪의 기적이라 부르며 악신을 찬양합니다.]

기적을 본 신도들이 모두 무릎을 꿇고 악신을 찬양했다. 신성이 예언서를 펼치며 구절을 읽어주자 신도들은 감동의 눈물을 흘렸다.

'꽤 열받았겠지?'

다시 한번 입가에 미소를 그린 신성은 신도들을 이끌고 골든 하렘으로 향하기 시작했다.

골든 하렘에 도착하기까지 제법 시간이 걸렸다. 신성에게는 가까운 거리였지만 신도들에게는 아니었다.

행렬은 더욱 늘어나 10만 명에 이르렀다. 그리고 기적에 관한 소문이 순식간에 퍼져 나가 그 소문을 들은 많은 마족이 골든 하렘 쪽으로 향하고 있었다.

악신의 신도에게 있어 골든 하렘은 일종의 성역이 되었다.

신성이 골든 하렘에 도착하자 큐리아와 기사단이 달려 나왔다. 신도들은 꽤 많았지만 골든 하렘은 크기가 꽤 큰 편이라 수용하기에는 문제가 없었다. 악신의 이야기가 순식간에 골든 하렘에 퍼지며 모두를 감동하게 했다.

신성의 부탁으로 마왕 큐리아는 신도들 앞에서는 신성을 검은 예언자로 대했지만 시선이 없는 곳에서는 신성의 광신도로 돌변했다. 드래곤의 기운이 흐르는 모든 이가 그러했다.

신성은 그것이 대단히 부담스러웠다.

"고리악의 잔존 병력을 처리하였습니다."

큐리아가 말하며 신성을 바라보았다. 큐리아는 마왕이지만 신도들 사이에서는 성녀로 통하고 있었다. 성전을 이끄는 성녀로 소문이 나고 있었다. 토벌의 대상은 고리악이었다. 큐리아는 그를 사악한 우상 숭배 집단의 우두머리로 지정했다.

신성은 그녀의 말에 고개를 끄덕이며 입을 떼었다.

"잘했어. 그럼 먼저 골든 하렘의 문제부터 해결해야겠군."

"무엇이든 말해주세요. 제가 할 수 있는 일이라면 뭐든지 하겠습니다."

신성의 한마디에 목숨이라도 바칠 기세이다.

"일단 골든 하렘을 뜯어고쳐야겠어. 이렇게 방치해 놓으면 없던 병도 생길 것 같군. 집도 모조리 타버려서 위험한 상태이니 이참에 싹 다 부수고 다시 짓는 것이 좋겠어. 음, 성벽도 보수해야겠군."

"정말 죄송하지만… 골든 하렘에는 그럴 만한 여유가 없어요. 기대에 부응하지 못할 것 같으니… 저를 벌하여 주세요."

"아니, 충분해. 잘했어."

신성의 말에 큐리아는 감동했다. 그녀의 눈에는 물기가 촉촉했다.

신성은 작게 한숨을 내쉬고 차원의 문 쪽에 있는 남부 지역을 바라보았다.

"슬슬 불러올 때가 되었군."

어쨌든 영지가 생겼다.

드래고니아에 준비해 놓은 것을 불러올 때가 되었다.

CHAPTER 2
침략I

골든 하렘은 악신교의 성지가 되었다. 신성이 마계로 와서 행한 일이 모두 마계로 퍼져 나간 결과였다. 신도들은 악신의 기적이라 칭송했는데, 일부는 과장되거나 살이 좀 더 붙어 전해졌다.

검은 예언자가 처음으로 기적을 행한 곳에서 많은 신도가 기도를 했다. 큐리아와 그녀의 기사단도 매일 그곳에서 기도했는데 이제는 하나의 규칙이 되어버렸다.

치지직!

신성은 뇌전의 권능으로 순식간에 차원의 문 앞에 도착

했다. 차원의 문 앞에 도착하자 여러 정보창이 떠올랐다. 대부분은 루나와 레아의 문자였다. 물론 김수정의 것도 있고 에르소나의 문자도 있었다. 릴리스는 도배를 하다가 차단당해 있었다.

모험가의 팔찌를 얻은 것인지 레아의 문자가 가장 많았다. 대부분 자신이 잡은 사냥감을 자랑하는 문자였다.

'즐겁다면 그걸로 된 거지.'

어떻게 자라든 즐겁게 지낸다면 그걸로 충분하다고 생각했다. 루나의 아이인 만큼 착한 심성을 지녔으니 말이다. 물론 자신을 닮아 거친 면도 존재하기는 했지만.

신성은 레아가 보낸, 오우거와의 일대일 결투에서 이긴 사진을 보고는 고개를 끄덕였다. 얼마 전 릴리스가 격투 대회를 열었는데 레아가 우승한 모양이다. 루나도 반쯤은 포기했는지 플래카드를 들고 레아를 응원하고 있었다.

신성은 피식 웃고는 차원의 문을 잠시 열어 문자를 보냈다. 드래고니아로 직접 가지는 않았는데 마계로 다시 돌아오기 힘들어질 것 같아서였다.

"후우, 이게 제일 힘들군."

당장 루나와 레아에게 달려가고 싶은 마음을 간신히 참아낸 신성이다.

신성은 차원의 문을 닫고 남부 지역을 바라보았다. 마계는 생각보다 좁은 동네였다. 어비스에 크게 미치지 못할 정도로 작았다. 그러나 그것은 어디까지나 하나의 행성에서의 기준일 뿐이다.

신성은 씨익 웃었다.

남부 지역은 극심한 추위로 인해 아무도 살지 않았다. 마족은커녕 몬스터조차도 사라져 버린 것이다. 지금은 화이트 드래곤의 드래곤 하트가 내뿜는 냉기만이 가득했다. 누구도 살아갈 수 없는 버려진 땅이 되어버렸다.

고리악을 포함한 몇몇 마왕만이 남부 지역에 있는 차원의 문을 노리고 원정을 시도할 뿐이었다. 그 결과는 모두 실패였지만 말이다. 멍청하게도 알아서 찾아와 죽은 꼴이 되어버렸다.

'일단 나는 황금의 왕이니…….'

마왕 타이틀은 아직까지 큐리아가 가지고 있었지만, 신성이 황금의 왕이 되었으니 모든 권한을 실질적으로 그에게 양도한 것이나 다름없었다. 덕분에 신성은 마왕의 권한을 가지고 있었다. 영지를 습득할 수 있는 권한이 있었다.

신성은 냉기의 권능을 일으키며 손을 뻗었다. 그러자 신성의 주변으로 냉기가 휘몰아치며 거대한 얼음이 치솟았다. 드래곤 하트에서 뿜어져 나온 막대한 마력은 화이트 드래곤과는 차원이 달랐다.

드드드드!

그저 얼어붙은 대지밖에 없던 곳에서 얼음이 치솟더니 동화책에나 나올 법한 성이 되었다. 성 주변으로 얼어붙은 영혼으로 만든 몬스터들이 바닥을 가르며 기어 나왔다.

신성이 만든 것은 마왕성이었다. 마왕이라면 하나씩 가지고 있어야 하는 것이 바로 자신의 영지를 나타내는 마왕성이다.

마왕이 되면 복잡한 절차 없이 영지를 습득할 수 있었지만, 남부 지역 전체를 확실하게 먹어치우기 위해서는 마왕성이 필요했다. 워낙 넓은 영지이기 때문이었다.

[마왕성을 만들었습니다.]

얼음으로 만들어졌지만 나름 괜찮았다. 레아를 생각하며 만들어서인지 마계와는 어울리지 않게 동화 같은 분위기였다.

"클클클."

"크르륵!"

그런 동화 같은 성 주변에서 끔찍하게 생긴 얼음 괴물들이 기괴한 소리를 흘리고 있었다.

'마음에 들지 않는데……'

그렇게 생각한 신성은 정보창을 펼쳐 황금의 왕이 지닌 권능을 살펴보았다. 마왕은 각자의 권능을 지니고 있었는데 황금의 왕도 마찬가지였다. 신성 역시 황금의 왕이 되어 권능을 부여받았다.

[S]황금의 권능
외견을 성향에 따라 귀엽거나 아름다운 미녀로 바꾼다. 다른 능력은 없다.

칼인트의 조언
"진정한 황금은 아름다운 미녀이다. 그것이야말로 골든 하렘이 황금의 땅이라 불린 진정한 이유이다. 여자 보기를 황금같이 하라!"

"……."
뭐라고 말이 나오지 않는 권능이었다. 칼인트의 정체성을 모두 담은 권능인 것 같았다. 시공간마저 주무를 수 있는 그러한 능력을 저런 것에 소모한 것이다.

신성은 왠지 칼인트가 엄지를 치켜들며 자신을 바라보고 있는 것처럼 느껴졌다.

'뭐… 칼인트답네.'

뇌전을 지배하는 릴리스의 권능이나 다른 마왕의 권능에 비한다면 전혀 쓸모없는 권능이다.

"음……."

신성은 잠시 팔짱을 끼고 괴물들을 바라보았다. 일단 전로드에 대한 예우 차원에서 써보는 것도 나쁘지 않을 것 같았다.

'섞어볼까? 로드가 되었으니 가능할 것 같은데.'

신성은 황금의 권능을 일으켰다.

[섞어라.]

신성은 황금의 권능에 막대한 마력을 풀어 냉기의 권능을 섞었다. 신성의 마력이 황금의 권능에 깃들기 시작했다.

황금의 권능이라는 이름답게 신성의 주변에서 찬란한 황금빛이 치솟아 올랐다. 황금빛이 주변으로 퍼져 나가며 성과 몬스터들을 휘감았다. 한동안 강한 빛을 뿌리던 황금빛이 서서히 잦아들자 조금 전과 전혀 다른 광경이 펼쳐졌다.

성은 더욱 아름다운 형태로 변해 있었다. 마계와는 도저히 어울리지 않은, 마치 이 세상의 것이 아닌 것 같은 모습이다.

부우우우!

성에서 황금빛이 뿜어져 나옴과 동시에 몬스터의 외형도 바뀌기 시작했다. 끔찍하게 일그러진 얼음 해골이 귀여운 소녀로 바뀌었고 다른 몬스터들도 깜찍한 요정이나 아름다운 미인으로 바뀌었다. 본질은 얼음으로 이루어져 있었지만 외관만 본다면 그렇게 보이지 않았다. 눈을 보는 것 같은 흰 옷을 입고 있는 몬스터들은 동화 속 얼음 왕국 같은 곳에서 사는 이들을 보는 것 같았다. 이제 몬스터라고 부르기에도 이상해 보였다.

몬스터들이 자신의 몸을 보더니 고개를 갸웃했다.

[황금의 권능과 냉기의 권능으로 몬스터들이 얼음의 정령으로 진화하였습니다.]

[A]얼음의 정령

얼어붙은 영혼으로 만들어진 정령.

황금과 냉기의 권능으로 진화하였다. 차가운 성격으로 보이지만 실제는 호기심이 많고 부드러운 성격을 지녔다.

얼음 마법뿐만 아니라 얼음을 이용한 환각 마법을 다룰 수 있으며 영혼을 흡수하여 자체적으로 성장할 수 있다.

환상적인 미모는 일반적인 정령들을 압도한다.

몬스터가 이제는 정령이 되어버렸다. 황금의 권능은 외견만 바꿀 수 있었는데 거기에 다른 권능이 더해지니 제법 대단한 효과를 발휘했다.

"대단하기는 하네."

아무튼 이렇게 보니 장관이기는 했다. 몬스터들이 정령으로 변하니 주변 분위기가 훨씬 살아났다. 이곳이 마치 낙원처럼 보였다. 여전히 뼈가 시리도록 추운 곳이기는 했지만 말이다.

마왕의 성을 만들었으니 이제 남부 지역을 자신의 것이라 선언할 차례였다. 이곳에 누군가 있어 반발한다면 성립이 되지 않았지만 남부 지역에는 생명체가 존재하지 않았다.

신성은 남부 지역을 자신의 땅이라 선언했다.

[마계-남부 지역(전체)이 드래고니아에 귀속됩니다.]
[마왕들이 황금의 왕을 경계하기 시작합니다.]

[T]마계 남부 지역

척박한 환경과 낮은 수준의 광물이 있는 땅. 별 볼일 없는 땅이다. 지금은 모두 얼어붙어 아무것도 자라날 수 없다.

[영지 관리 탭에서 영지의 이름을 정한 다음 영지를 관리할 수 있습니다.]

신성은 영지 관리창을 불러왔다.

이곳을 얼음 왕국이라고 부르기로 했다. 조금 유치한 이름이지만 동화 같은 분위기와 상당히 잘 어울렸다.

신성은 지도창을 불러왔다.

신성의 영지가 되었기에 남부 지역 전체를 볼 수 있었다. 대단히 척박한 땅이었다. 냉기가 사라진다고 해도 낮은 수준의 곡식밖에 재배할 수 없었다. 수확량도 상당히 적었다.

그러나 마력 코인을 쏟아붓는다면 이곳도 달라질 수 있었다. 신성에게는 엘브라스의 랜덤 박스가 존재했기 때문이다. 환경 아이템으로 도배한다면 어비스 정도는 아니지만 그럭저럭 살 만한 곳을 만들 수 있을 것 같았다.

'그럴 이유는 없겠지.'

하지만 딱히 그럴 이유가 없었다. 오히려 신성은 이곳을 더 끔찍한 지옥으로 만들 생각이다.

신성이 화이트 드래곤의 드래곤 하트를 지배하자 영지 관리창에서 추위 역시 관리할 수 있게 되었다.

신성은 마계 전체로 퍼져가고 있는 추위를 동부 지역에 집중시켰다. 그리고 그 자리에서 랜덤 박스를 구매해 몇 개를 까보았다. 그중에 토네이도가 나오자 신성은 만족스러운 웃음을 그릴 수 있었다.

[토네이도를 활성화합니다.]

[지역 특성과 결합하여 아이스 토네이도가 생성되었습니다. 냉기가 떨어질 때까지 토네이도가 유지됩니다.]

토네이도의 방향을 동부 지역으로 설정해 놓았다. 냉기가 사라져 소멸한다고 해도 이곳에서 다시 냉기를 충전한 다음 끊임없이 동부 지역으로 향할 것이다.

이제 악신의 재앙이라고 소문을 내는 일만 남았다.

"나와 관련이 있거나 신도가 아니면 모두 얼려 버려."

신성의 명령에 얼음의 성 주변에 있던 정령들이 모두 고개를 끄덕였다. 그래도 조금 뭔가 부족한 것 같아 신성은 잠시 고민했다.

재앙의 상징 같은 것이 필요했다.

신성은 드래곤 레어에서 이비를 불러왔다.

이비가 추위에 놀라며 몸을 떨었다. 신성이 홍염을 일으켜 주변을 녹이자 덜덜 떨리는 그녀의 몸이 겨우 진정되었다.

"감사합니다. 무엇을 도와드릴까요?"

"음, 레어에 몬스터도 있지?"

"네, 변태 아저… 아니, 전 주인이 수집한 몬스터들과 만들어놓은 키메라가 있어요. 숫자와 종류는 매우 적은 편이에요. 전 주인이 모두 메이드로 만들었거든요."

"그중에 이곳에 어울릴 만한 것이 있을까? 좀 큼직한 걸로."

신성의 말에 이비가 고개를 끄덕였다.

"얼음에서 살던 고대 몬스터가 있어요."

"그게 좋겠군. 꺼내줘."

이비가 드래곤 레어의 문을 바라보며 손짓하자 드래곤 레어의 문이 커졌다.

문이 열리며 등장한 것은 머리가 세 개인 개였다. 초대형 몬스터로 대단히 컸는데 강력한 고대 마법을 세 가지나 쓸 수 있었다. 아쉽게도 레벨은 마왕 수준이 아니었지만 그래도 그럭저럭 높은 편이었다.

"전 주인이 왼쪽에서부터 미미, 삐삐, 띠띠라고 불렀어요."

대충 지은 이름이 확실했다.

자신의 이름이 불리자 세 개의 머리가 반응했다. 보스 몬스터 같은 포스를 뿌렸지만 신성에게는 강아지 정도로 보였다. 신성이 이곳을 지키라고 명령하자 한차례 울부짖고는 설원을 향해 뛰어갔다.

"어머, 귀엽네요."

이비는 진심으로 몬스터를 귀엽다고 생각하고 있었다. 신성이 이비를 바라보자 그녀는 수줍게 웃고는 다시 드래곤 레어로 돌아갔다.

*   *   *

신성은 골든 하렘으로 돌아왔다.

골든 하렘은 신도들로 북적였다. 골든 하렘의 주거 지역
과 기반 시설은 폭동 때 모두 불타 버렸다. 그 때문에 신도
들은 길거리에서 자거나 큐리아가 공급해 준 천막에서 지냈
다. 자원이 심히 부족한 편이어서 이 이상으로 큐리아가 해
줄 수 있는 것은 없었다.

신도들은 누구도 불평하지 않고 지금 살아 있는 것에 감
사하고 있었다. 악신의 은혜 덕분에 하루 한 끼를 먹을 수
있는 것에 감사하며 눈물을 흘리고 있었다.

신성은 드래곤 레어를 열어 골든 하렘을 고치고 저들을
배불리 먹게 할 수 있었지만 그렇게 하지 않았다. 드래곤 레
어의 재료들은 지나치게 좋아 오히려 역효과가 발생할 수도
있기 때문이다.

'많군.'

신성은 골든 하렘 밖에서 골든 하렘으로 몰려오는 신도
들을 바라보았다. 숫자가 점점 늘어났는데 목숨을 걸고 서
부 지역을 건너온 이들도 있고 중앙 지역에서 탈출한 이들

도 있었다. 골든 하렘이 수용할 수 없을 정도로 신도들의 숫자가 많아졌다.

큐리아와 그녀의 호위 기사들이 신성의 곁으로 다가왔다. 신성이 고개를 돌려 그녀들을 바라보자 그녀들은 다리의 힘이 풀리는지 휘청거리며 주저앉았다가 재빨리 일어났다. 그녀들은 거친 호흡을 내뱉으며 무언가 위험해 보이는 눈동자로 신성을 바라보았다.

신성이 흠칫할 정도였다.

드래곤 로드가 되어 더욱 강력해진 기운은 그녀들에게 큰 영향을 미치고 있었다. 만약 신성이 주신이 된다면 과연 어떤 결과가 발생할지 누구도 예상할 수 없었다.

"슬슬 시간이 되었군."

신성의 말에 큐리아가 의문을 가지며 신성을 바라보았다.

"그러고 보니 지구는 곧 크리스마스네."

아마 지구는 크리스마스 시즌에 돌입했을 것이다. 신성은 문득 그것을 깨달았다.

"그것이 무엇인가요?"

"그런 날이 있어. 산타클로스가 착한 어린아이에게 선물을 주고 연인이나 가족끼리 선물을 주고받기도 하는 날이지."

간단한 설명에 큐리아가 눈을 반짝였다.

"연인… 선물… 고리악의 머리를 선물로 바치겠어요, 서, 선물로 저는!"

큐리아는 기대감이 가득한 눈동자였다. 그러나 신성은 그것을 보지 못했다. 저 멀리서 날아오는 거대한 비행 물체가 보였기 때문이다.

"왔군."

거대한 중형 비공정들이 하늘을 가르며 오고 있었다. 중형 비공정의 외형은 신성이 알고 있는 것과 달랐다. 붉은색으로 치장되어 있고 화려한 빛으로 반짝이고 있었다.

하늘에서 신성에게도 익숙한 노래가 흘러나왔다.

캐럴이다.

신성은 한숨을 내쉬었다.

'릴리스……'

단번에 누구의 작품인지 알 수 있었다.

하늘을 가르며 다가오는 중형 비공정은 위엄이 넘쳤다. 물론 빨갛고 반짝이며 캐럴이 흘러나오고 있지만 그래도 제법 웅장한 모습이었다.

신성의 입장에서야 우스꽝스러운 모양이었지만 신도들에게는 달랐다.

신도들은 경악하며 하늘을 바라보았다. 거대한 물체가 하늘을 나는 광경은 그들의 입장에서는 이해할 수 없는 일이었다. 마도공학의 개념조차 없었다. 하늘을 나는 마법이 있다고 해도 그건 고위 마족이나 가능했다. 그마저도 몸을 띄우는 정도에 불과하니 마왕이나 고위 마족이 본다고 해도 경악을 금치 못할 것이다.

"경계할 거 없어. 내 것이니까."

큐리아와 기사단이 크게 놀랐다. 신성이 자신의 것이라 말하니 경계는 하지 않았다. 그렇지만 긴장한 모습이 역력했다. 거대한 물체가 날아다니는 기괴한 광경을 처음 본 때문이다.

거대한 중형 비공정 여러 척이 골든 하렘 앞으로 다가왔다. 신도들이 비명을 지르며 도망치기 시작했는데 큐리아가 직접 나서며 악신께서 보낸 선물이라고 말하자 상황이 겨우 진정되었다.

어느 정도 시간이 지나자 대부분의 신도가 악신의 은혜에 감동하여 그 자리에서 무릎을 꿇고 기도를 올리기 시작했다.

"아아!"

"오, 악신이시여!"

"악신께서 우리를 위해……!"

금방이라도 울음바다가 될 것 같았다.

중형 비공정이 골든 하렘 앞에 펼쳐진 평야에 착륙했다.

그러자 캐럴이 더 크게 들렸는데 큐리아가 중독되었는지 옆에서 흥얼거렸다. 기사단도 마찬가지였다. 음악이라는 문화가 없는 마족이었기에 비공정보다 오히려 더 큰 충격을 받은 것 같았다. 신도들은 캐럴을 기도문으로 생각하는지 캐럴을 따라 부르기 시작하다가 어느새 합창을 했다.

신성이 다가가자 가장 앞에 있는 비공정의 문이 열렸다. 만들어진 계단으로 릴리스가 나왔다. 릴리스는 산타모에 산타클로스 복장을 하고 있었는데 일반적인 산타클로스 복장이 아니라 게임에서나 볼 듯한 산타 걸 복장이었다.

신성은 그 모습에 한숨을 내쉬었고 큐리아는 릴리스를 보고 크게 놀랐다. 릴리스와 큐리아는 몇 번 만난 적이 있기 때문이다. 남부 지역에서 유명한 마왕이던 릴리스를 모른다는 건 말이 안 되었다.

"리, 릴리스?"

"오, 반갑구나, 큐리아!"

릴리스가 신성과 큐리아의 앞에 섰다.

"지금은 악신의 권속이 된 용마왕 산타 걸 릴리스다."

큐리아와 기사들은 무슨 말인지 이해를 하지 못했지만, 악신의 권속이라는 말에 고개를 끄덕였다. 신성이 릴리스에게 손짓하자 릴리스가 가까이 다가오며 신성을 올려다보았다. 신성은 릴리스의 머리를 쓰다듬는 척하며 강하게 잡았다.

"으, 으으윽!"

"내가 얌전히 오라고 하지 않았나?"

"루, 루나 님도 가, 같이 꾸몄다."

루나의 이야기가 나오자 신성은 릴리스의 머리를 놓아주었다. 릴리스가 자신의 머리를 매만지며 안도의 한숨을 내쉬었다. 릴리스는 루나와 같이 작업한 것이 다행이라고 생각했다.

"일단… 식량부터 꺼내자."

"하핫! 이 몸에게 맡겨둬라!"

릴리스가 손가락을 튕기자 주변 중형 비공정에서 해골들이 내리기 시작했다. 악신의 성에서 만든 해골이었다. 그런데 해골의 상태가 무척이나 이상했다. 산타 복장을 하고 있는 해골도 있고 루돌프처럼 뿔을 달고 있는 해골도 있었다.

"어때? 귀엽지 않느냐? 후후, 커스텀마이징 시스템으로 꾸며보았다. 캐럴도 자동 내장되어 있어 부를 수 있지. 사르키오 할아범을 납치해서 만들었다."

릴리스가 자신의 뒤에 정렬한 해골들을 바라보며 지휘하듯 손짓하자 해골의 턱이 딸깍이며 열렸다. 붉은 안광을 토해내며 턱을 딸깍이는 모습이 소름 끼쳤다. 큐리아와 기사들은 침을 꿀꺽 삼켰고 신도들은 겁을 먹었다.

"클클클, 사악한… 밤……."

"죽이는… 밤… 크크큭."

"죽음에 묻힌…….."

해골들이 지옥을 연상시키는 목소리로 노래를 부르기 시작했다. 가사는 기묘하게 개사되어 있었는데 순식간에 대단히 무서운 분위기가 되어버렸다. 신성조차 섬뜩함을 느낄 정도였다.

신성에게는 익숙한 산타 복장이었지만 큐리아나 신도들에게는 아니었다. 산타 복장이 마치 피를 상징하는 복장처럼 보였다.

해골들이 입고 있으니 더더욱 그러했다.

"한 달 동안 연습했어. 고난의 세월이었지."

릴리스는 고생한 걸 떠올리는 듯 우수의 젖은 눈동자가 되었다.

"악신께서… 이단자들에게 죽음을 선포하셨다!"

"영원한 죽음이다!"

"피의 축제가 열린다!"

신도들이 외치며 캐럴이라 할 수 없는 노래를 따라 부르기 시작했다. 밝은 느낌이어야 하는 캐럴이 사악하고 음침한, 저주의 의미가 담긴 노래로 바뀌었다.

고리악을 포함한 마왕들을 저주하는 마음이 느껴졌다. 신성은 크리스마스의 의미가 변해가고 있는 것을 깨달았다.

"역시 고향은 좋구나!"

릴리스는 고향의 공기를 마시며 흐뭇한 미소를 짓고 있었다. 신성은 릴리스를 불러온 것이 실수가 아닌지 진지하게 생각하기 시작했다.

릴리스가 손짓하자 산타 복장인 해골들이 신도들에게 선물을 뿌리기 시작했다. 선물은 예언서와 악신의 이야기로 각색한 동화책이었다.

"클클클······."

사악한 웃음을 흘리며 선물을 나눠 주는 해골들의 모습은 공포 그 자체였다.

"산타··· 산타, 이 얼마나 두려운 이름인가!"

"피에 물든 사신! 사악한 악령!"

"오오! 악적들의 최후가 다가왔도다!"

신도들이 외쳤다.

각색한 동화는 대부분 악신을 믿지 않아 벌을 받거나 재앙이 닥치는 내용이었다. 교훈적인 내용도 있었지만 대부분 믿음에 관련된 이야기였다.

'뭐··· 효과는 괜찮으니 그냥 놔두도록 할까.'

신성은 릴리스가 뼈로 만든 나무에 반짝이는 돌을 다는 것을 바라보았다. 별이 있어야 하는 자리에는 별 대신 뇌전으로 번쩍이는 해골 머리가 꽂혀 있었다.

신도들은 그것을 보고 악적의 머리를 바치라는 내용으로 해석했다. 세계인이 기뻐하는 크리스마스가 마계에서는 죽음과 피를 상징하게 된 것이다.

*　　*　　*

이런저런 소란이 진정되자 신성은 일단 신도들을 배불리 먹였다. 드래고니아에서 재배한 곡식들을 나눠주고 간식으로 지구에서 가져온 초코바를 포함한 과자를 나눠줬는데 반응이 그야말로 폭발적이었다. 눈물을 흘리는 것은 다반사였고 일부 신도들은 그 맛에 감동하여 기절하기까지 했다.

릴리스는 그 광경을 보고 이해한다는 표정이 되었다. 지금은 익숙해져 그런 격한 감정은 덜했지만 그래도 초코바를 먹을 때면 흥분되는 마음을 감출 수 없었다.

큐리아도 신성이 건네준 초코바를 먹고는 한동안 흐물흐물한 상태가 되어버렸다. 지구에서 가지고 온 공장제 초코바만으로도 이럴진대 장인들이 만든 초코바를 먹는다면 아마 그대로 승천할지도 모를 일이다.

아무튼 신도들의 신앙심이 초코바로 인해 크게 치솟았다. 큐리아와 기사들은 그것을 초코바의 기적이라 부르며 신성시했다.

식량은 이제 문제없었다. 중형 비공정에 보관된 식량은 무척이나 많았고, 다 떨어지면 언제든지 드래고니아에서 조달해 오면 되었다. 중형 비공정을 통해 가면 그리 먼 거리는 아니었다.

신도들의 상태가 안정되자 신성은 골드 하렘 개조 작업에 착수했다. 해골들은 아무래도 전문성이 떨어졌기에 힘쓰는 일 외에는 다른 것을 맡기지 않았다.

주된 일을 하는 것은 신성의 메이드였다. 드래곤 레어를 열자 건축에 관련된 스킬을 지닌 일꾼 메이드들이 잔뜩 몰려 나왔다. 전문적인 공사장에서나 볼 법한 연장을 잔뜩 짊어지고 있었는데 신성이 명령을 내리자마자 아주 빠르게 움직였다.

중형 비공정으로 가져온 재료들을 아낌없이 풀자 골든 하렘은 급격히 바뀌어갔다. 불탄 흔적이 모두 사라졌고 거리는 깨끗해졌다. 천막들이 사라지고 그 자리에 깔끔한 주거 지역이 생겼다. 신도들의 간절한 부탁으로 예배장도 생겼는데 골든 하렘의 상징이 되었다.

'대단히 빠른데?'

이렇게 변하기까지 한 달도 걸리지 않았다.

신성은 빠르게 변한 골든 하렘을 보며 감탄했다.

역시 가장 큰 역할을 한 것은 메이드들이었다. 그들의 작업 솜씨와 실력은 무척이나 뛰어났다. 칼인트가 심혈을 기울여 만든 작품다웠다.

물론 신성도 용언으로 거들었고 릴리스와 큐리아, 그리고 기사단, 신도들도 모조리 달라붙어 도와줬다. 릴리스가 데려온 트리시를 포함한 마족들도 도움이 되었다.

'이제 도시 확장을 하면 되겠군.'

신도들이 계속해서 몰려오고 있으니 도시 확장은 필수였다.

신성은 영지 관리창을 불러왔다. 남아 있는 만능 삽을 이용해 골든 하렘 주변을 다듬었다. 평원이라고는 하지만 뾰족한 바위들이 돋아 있어 평탄 작업은 필수였다. 공중에 갑작스럽게 삽이 나타나 평원을 정리하자 신도들의 신앙심이 더욱 치솟았다. 확실히 그 광경은 기적이라고밖에 표현할 수 없었다.

"그럼 오늘부터 외부 작업에 착수하도록 해."

신성은 메이드들에게 작업 지시를 한 후 성으로 돌아왔다.

"거대한 케이크의 성을 만들자는 말씀인가요?"

"그래. 기왕이면 초코 맛이 좋겠느니라!"

"안 돼요!"

그런 소리가 들려왔다. 릴리스가 이비의 치맛자락을 붙잡으며 조르고 있었다. 이비는 무척이나 단호했다. 릴리스는 이미 이비의 요리 실력에 매료되어 이비를 거스를 수 없었다. 김갑진은 잊은 지 오래인 것 같았다.

그래도 김갑진의 사진을 들고 다니는 것을 보면 사이가 꽤 발전한 것 같았다.

"주인님, 어서 오세요."

신성을 발견하고 웃으며 인사했다.

이비는 성에 머물며 신도들을 위해 요리를 만들었다. 신성이 신경 쓰지 못하는 부분을 챙기기도 하니 신성은 그녀를 드래곤 레어에 돌려보내지 않았다.

'때가 되었나?'

골든 하렘의 상황이 많이 나아졌으니 이제 본격적으로 가지고 온 것들을 풀 때였다.

"릴리스, 준비됐어?"

"물론이다."

"내일 출발하도록 해. 마계 곳곳에 퍼뜨려 버려."

"오! 드디어 시작된 건가!"

신성이 그렇게 말하자 릴리스가 고개를 끄덕이며 씨익 웃었다. 그 모습은 제법 김갑진을 닮아 있었다.

신성은 마계 전체에 예언서와 드래고니아에서 제작한 선동 전단을 뿌릴 계획이다. 마왕이라고 할지라도 중형 비공정을 이용해 높은 고도에서 뿌리면 막을 방도가 없었다.

전단에는 마왕에 대한 안 좋은 내용이 잔뜩 적혀 있었다. 그림으로 친절하게 그려져 있어 하층민도 쉽게 이해할 수 있을 것이다.

동부 지역에 불어 닥친 추위를 모두 마왕 탓으로 몰고 갔다. 마왕이 악신을 믿지 않아서 재앙을 내린 결과로 말이다. 재앙을 막고 싶으면 악신을 믿고 회개하라는 내용이 대부분이었다.

'일이 잘 풀리면 신성 랭크가 오를 수도 있겠네.'

마족들의 신앙심은 많은 경험치를 주었다. 지금도 계속해서 오르고 있었는데, 최근 들어 경험치 상승의 폭이 무척이나 커졌다. 이번 일이 잘된다면 신성 랭크가 올라갈지도 몰랐다.

지금까지는 어쨌든 일이 잘 풀린 편이다.

고리악이 가장 큰 위협이기는 했지만 식량을 대부분 잃었고 병력 피해도 커서 골든 하렘을 건드릴 여력이 없어 보였다. 병력이 많다고는 하나 식량이 없다면 침략 따위는 할 수 없었다.

고리악이라는 악역을 이용한다면 경험치를 보다 확실하게 뽑아낼 수 있으니 신성은 고리악을 당분간은 놔둘 생각이다. 지금 신도들에게 고리악은 이단자, 그리고 악적 그 자체였다. 광신도들은 고리악이 마계에 종말을 몰고 올 존재라며 저주를 퍼부었다. 예언서를 아낌없이 푼 덕분이다.

신성이 고개를 끄덕이고 있을 때 큐리아가 신성에게 달려왔다. 지금은 성녀로서 기도를 드리고 있어야 할 시간인데 급히 달려온 것을 보니 무언가 예기치 않은 일이 발생한 모양이다.

"정찰 나간 기사가 고리악의 병력을 발견했어요."

신성은 큐리아의 말에 놀랐다. 너무 의외였기 때문이다. 고리악에게는 그럴 만한 여유가 없을 터였다. 다른 지역에서 군량을 빌렸다고 보기에도 시점이 너무 빨랐다.

"주 병력이 전부 온 것 같아요. 고리악의 오른팔 조록 백작의 모습도 보였다고 해요."

"호오, 조록인가. 꽤 머리가 좋은 놈이지. 내가 당한 것도 놈의 이간질 때문이었으니 말이야. 마왕급은 아니지만 꽤 강력한 놈이다."

큐리아의 말에 릴리스가 말했다.

"뭐라고 해야 할까? 참, 타이밍이 나쁘네."

"그렇군. 참으로 그렇도다."

신성과 릴리스는 고개를 끄덕이며 말했다.

'아, 무심한 표정도 멋져!'

큐리아는 신성의 모습에 빠져들었다가 화들짝 놀라며 다

시 고민에 빠져들었다.

타이밍이 나빴다.

큐리아는 도시 정비를 하고 있을 때 고리악이 쳐들어올지 예상하지 못했다. 고리악에게 닥친 재앙을 듣고 방심했다고 볼 수도 있었다.

현재 신체 능력이 높은 신도들을 선발해 성전을 위한 병력으로 키우고 있었는데 시간이 많이 필요했다. 지금 당장 골든 하렘의 전력이라고는 자신과 기사단, 그리고 경비대밖에 없었다. 고리악의 주요 병력과 싸우기에는 턱없이 부족했다.

기사들도 큐리아와 같은 생각인지 표정이 굳었다.

이비가 그걸 지켜보다가 고개를 갸웃했다.

"쓰레기가 몰려오는 것에 불과한데 왜 그걸 걱정하는 건가요?"

이비는 진심으로 궁금한지 큐리아와 기사들을 바라보며 물었다. 이비의 말투는 평소와 다름없이 상냥했다.

신성은 피식 웃었다.

"하필이면 비공정이 모두 여기 있을 때 몰려오다니 정말 타이밍 한번 잘 맞췄네. 조금 있으면 떠날 타이밍이었는데 그때 왔으면 곤란할 뻔했어."

"후후, 놈들에게는 최악의 타이밍이지."

타이밍이 나빴다. 물론 놈들에게 말이다.

신성과 릴리스의 말에 큐리아와 기사들 모두 의아한 표정이 되었다.

딱히 계획을 세울 필요도 없었다. 고리악의 병력은 드래고니아가 상대한 화이트 드래곤에 비한다면 어린아이 장난 수준이다.

중형 비공정은 물자를 나를 목적으로 왔지만, 그 안에는 전투를 위한 물품 역시 가득 실려 있었다. 이제 화이트 드래곤의 군세를 막으며 축적된 지식과 경험을 발휘할 때였다.

'그나저나 어떻게 식량을 구한 거지?'

신성은 잠시 깊이 생각했다. 그러다가 정보창을 켜보았다. 서부 지역에서 신도들이 급격히 늘어났다가 점점 줄어들고 있었다. 자연적으로 죽었다고 보기에는 무리가 있었다. 줄어드는 속도가 워낙 빨랐기 때문이다.

'뭐지?'

신성은 계시 관리창을 열었다.

계시 시스템은 자동으로 가동되고 있었다. 신도들이 기도를 하면 자동으로 식량을 내려주고 있는 것이다. 신성은 신도들의 숫자가 너무 많아 일단 자동으로 설정해 놓았다. 한동안 살펴보지 않아 기도가 많이 밀려 있었다.

신성은 서부 지역을 검색해 보았다. 그러자 신도들의 정보와 함께 기도들이 떠올랐다. 그것을 본 신성의 얼굴이 일 그러졌다. 기도를 한 신도들이 차례차례 죽음을 맞이하고 있었다. 그들에게 내려준 식량을 그들은 먹지 못했다.

신성은 기도 내용을 자세히 살펴보았다. 그럴수록 급격히 분노가 치솟았다. 기도 내용을 종합해 보니 서부 지역의 돌 아가는 상황을 알 수 있었다.

'식량을 얻고 죽였군. 그것도 그냥 죽이는 것이 아니 라……'

고리악은 기도를 하면 식량이 주어지는 것을 이용했다. 물론 진심이 아니거나 남용하게 되면 계시 시스템이 작동하 지 않았는데, 식량을 만들어내지 못할 경우 도살장으로 끌 려가 식량으로 만들어졌다. 신성은 서부 지역에서 신도들이 급격히 늘어났다가 점점 줄어들고 있는 원인이 무엇인지 알 수 있었다.

신성은 정보창을 닫았다. 그의 얼굴이 싸늘하게 굳어갔 다. 넘실거리는 기세가 바닥에 금을 가게 하고 주변을 뒤흔 들었다.

'감히 내 것을 도둑질했단 말이지?'

고리악을 이용할 생각이 사라졌다.

당분간 그를 살려놓으려던 생각이 사라졌다.

신성은 고리악에게 상상할 수 없는 고통을 안겨주기로 결정했다. 그 고통은 죽음조차 뛰어넘어 영원히 그를 괴롭힐 것이다. 악신에게 도전한 결과가 어떤 것인지 몸소 체험하게 해줄 것이다.

신성의 분노를 느낀 것인지 주변 모두가 신성의 눈치를 보았다. 신성이 분노할 때면 무슨 일이 일어나는지 릴리스는 잘 알고 있었다. 악룡신이 되어 화이트 드래곤을 말 그대로 박살 내는 광경을 실제로 보기도 했고 여러 가지 일화를 김갑진에게 들었기 때문이다.

드래곤의 분노는 그만큼 위험했다. 분노가 진정될 때까지 파괴만이 있을 뿐이었다.

"후우."

신성은 길게 숨을 내쉬고 마음을 진정시켰다. 예전 같았으면 당장 서부 지역으로 쳐들어가 날뛰었을 것이다. 하지만 드래곤 로드가 되니 분노를 조절할 수 있게 되었다.

차갑게 가라앉은 드래곤의 분노보다 더 무서운 것은 없을 것이다.

"릴리스."

"으, 응?"

신성이 릴리스를 부르자 릴리스가 움찔거렸다. 신성의 진지한 모습을 가까이에서 보는 것이 처음이다. 신성이 내뿜는 기세만으로도 피부가 베일 것처럼 따가웠다.

"모두 데리고 비공정으로 가 있어."

"알았다!"

릴리스가 손짓하자 큐리아와 기사단이 움직이기 시작했다. 분위기를 읽은 것인지 큐리아와 기사단은 별다른 말을 하지 않고 릴리스를 따라 나갔다.

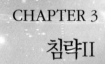

CHAPTER 3
침략II

신성은 텅 빈 성안에서 잠시 가만히 서 있었다.

고리악의 병력을 제대로 이용할 방법을 떠올려 보았다. 병력의 숫자에 관한 정확한 보고를 듣지 않아 얼마나 되는지는 몰랐다. 주요 병력뿐만 아니라 고리악의 오른팔까지 왔으니 그 규모는 대단히 클 것으로 짐작되었다.

'모두 중급 마족 이상으로 구성되었겠지. 정예 병사들은 상급 마족일 테고 고위 마족도 꽤 있겠군.'

모조리 쓸어버린다면 어마어마한 경험치를 얻을 수 있을 것이다. 신성에게는 큰 이득이 되지 못하겠지만 다른 이들에게는 달랐다. 신성은 골든 하렘에 모인 수많은 신도를 떠올려 보았다.

'지금은 하급 마족도 아니지만⋯⋯.'

고리악의 병력이 주는 경험치를 습득한다면 과연 어떻게 될까? 어마어마한 경험치 덕분에 레벨이 급격히 치솟을 것이 분명했다. 잘하면 하급 마족을 넘어 중급 마족이 될 수도 있었다. 나약하고 무력하던 악신의 신도가 각성하여 힘을 얻는 모습을 떠올리니 기분이 좀 나아졌다.

'다 뽑아 먹어주마.'

신성의 입가에 사악한 미소가 걸렸다. 고리악의 악몽은 이제부터 시작이었다.

신성은 성 밖으로 나왔다. 고리악의 군대가 몰려온다는 소식에 신도들은 모두 불안해했다. 하지만 도망가지는 않았다. 모두 차분하게 악신에게 기도하며 침착한 태도를 유지하고 있었다.

신도들은 겁을 먹지 않았다.

신도들이 두려워하는 것은 오로지 악신에게 버림을 받는 것뿐이었다. 자신의 목숨조차 바칠 수 있을 정도로 신앙심이 흘러넘쳤다.

신성이 성 밖으로 나오자 신도들이 기도를 멈추고 몰려왔다. 신성은 인자한 표정을 지으며 신도들을 바라보았다. 신성의 그런 모습은 무척이나 성스러웠다.

신도들은 모든 불안이 사라지고 마음에 평화가 찾아오는 것을 느꼈다.

"사랑하는 형제자매 여러분."

신성이 말하자 웅성거리던 소리가 순식간에 조용해졌다. 신성의 목소리는 그다지 크지 않았지만 골든 하렘, 그리고 그 밖에 있는 모두에게 또렷이 들렸다. 마치 머릿속에 직접 입력되는 것 같았다.

"고리악의 군대가 몰려오고 있습니다. 이 성지를 능욕하고 유린하기 위해 몰려오고 있습니다."

신성은 잠시 침묵을 지키다가 다시 입을 떼었다.

"고리악은 악신께서 서부 지역의 신도들에게 내려주신 성스러운 음식을 모두 빼앗았습니다. 그뿐만 아니라 신도들을 처참하게 도륙해 식량으로 만들었습니다."

"허억!"

"그럴 수가!"

신성의 말에 신도 모두가 충격을 받았다. 신도들을 식량으로 쓰고 있다는 내용은 도저히 믿을 수 없었지만 신성의 말을 의심하는 신도는 없었다.

신성은 검은 예언자였다. 악신이 보내준 예언자였고 수많은 기적을 일으켰다. 신도들은 신성의 말을 의심하지 않고 전적으로 다 믿었다.

"고리악은 신도들을 처참하게 죽였고 그 육체마저 능욕하였습니다. 그런 고리악의 군대가 지금 이 찬란한 악신의 성지를 짓밟기 위해 오고 있습니다. 감히 악신께 도전하고 있는 것입니다."

"사악한 놈들!"

"천벌을 받아라!"

여기저기에서 고리악을 저주하는 소리가 들려왔다. 처음에는 몇몇 신도만 그렇게 외쳤지만 순식간에 퍼져 나가 모든 신도가 분노를 터뜨렸다.

신성은 그것을 말리지 않고 그저 바라보며 속으로 흐뭇한 미소를 지었다.

"악신께서 분노하셨습니다! 성전에 참여하여 악신께서 세우신 정의가 살아 있음을 보여주어야 합니다! 고리악에게 악신의 뜻을 보여줍시다!"

신성의 외침에 모두가 크게 소리를 질렀다. 분노로 들끓는 감정을 감추지 않았다. 모두가 악신을 위해 목숨을 버릴 각오를 하고 있었다.

[성전이 시작됩니다.]

*골든 하렘에 있는 모든 악신의 신도가 성전에 참가합니다.

*악신이 성전에 참여하여 획득 경험치가 크게 상승합니다.

*악신의 신도는 죽음을 두려워하지 않습니다.

*경험치 : 140%

모든 신도가 성전에 참여하게 되었다. 신성은 이들에게 전투를 하게 할 의사가 전혀 없었다. 나약한 신도들이 전투를 하게 되면 전부 몰살당할 것이다.

신도들이 할 일은 경험치를 먹고 레벨 업을 하는 것과 신성이 일으킬 재앙을 지켜보는 일뿐이었다.

"모두 기도하십시오. 악신께서 우리를 보호해 주실 것입니다."

신성은 그렇게 말하며 경건하게 두 손을 모았다. 직접 만든 그럴듯한 기도문을 읊어주고 골든 하렘 밖으로 나왔다.

골든 하렘 밖으로 나오니 모두가 신성을 기다리고 있었다. 이비와 메이드들이 대열을 갖춰 서 있고 큐리아와 기사단도 그 옆에 자리를 잡고 있었다. 릴리스 역시 해골들과 함께 서 있었다.

"정찰 나간 기사들은 모두 돌아왔나?"

"네, 지금 막 돌아왔습니다."

큐리아가 신성에게 기사에게 들은 정보를 말해주었다.

고리악의 군대는 골든 하렘과 얼마 떨어지지 않은 곳에서

진을 치고 있었다. 모든 정비가 완료되면 골든 하렘을 부수기 위해 몰려올 것이다. 그 병력의 규모는 30만을 넘어갔다. 대단히 많은 숫자였다. 그만한 병력을 먹이기 위해서 식량을 빼앗고 신도들을 도륙한 것이다.

만약 저들이 골든 하렘을 정복한다면 골든 하렘에 모인 신도들이 어떤 처지가 될 지는 뻔했다.

중앙 진출을 위한 제물이 될 것이다.

"병력이 그 정도로 많으니 비공정을 모두 운용해야겠군."

골든 하렘에 착륙한 중형 비공정은 모두 6기였다. 승무원은 모두 마족이었는데 중형 비공정을 움직일 수 있는 최소 인원으로 데려왔다. 그러나 인원 걱정은 할 필요 없었다. 메이드도 있고 큐리아와 기사들도 존재했다.

"모두 시동을 걸어. 출격한다."

신성이 말하자 큐리아가 승무원들에게 명령했다. 중형 비공정에 달린 거대한 마력 엔진이 가동되기 시작했다. 기사들과 메이드들이 숫자를 맞춰 각각 중형 비공정에 올랐다.

신성은 가장 화려한 중형 비공정으로 향했는데 모든 비공정을 지휘하는 비공정이었다. 릴리스뿐만 아니라 큐리아와 이비도 신성을 따라왔다.

큐리아는 잔뜩 긴장한 모습이었다. 그도 그럴 것이 단 한 번도 하늘을 날아본 적이 없기 때문이다. 이비가 싱긋 웃으며 큐리아의 손을 잡아주었다.

"이비 님은 괜찮나요?"

"익숙해서 괜찮아요. 전 주인이 워낙 말썽을 부려서요. 현 주인님은 전 주인에 비한다면 완전 천사랍니다."

이비의 눈에는 신성이 천사로 보이는 모양이다. 이비가 생각하는 칼인트는 그저 말썽 많은 변태 아저씨 정도였다. 신성이 비공정에 오르자 비공정이 천천히 떠오르기 시작했다. 이비와 큐리아는 신성에 대해 이야기하며 더욱 친해졌다.

신성은 느긋하게 걸으며 지휘실로 향했다. 지휘실에서는 모든 비공정의 상태를 볼 수 있을 뿐만 아니라 비공정 밖의 상황도 자세히 볼 수 있었다. 마도공학 기술이 들어간 마법진 덕분이다. 망원경으로 확대된 것처럼 아래를 내려다볼 수 있었는데 대단히 편리한 기능이다.

"최대한 고도를 높여. 놈들이 눈치채지 못하게 해야 해."

신성의 명령에 모든 비공정이 하늘로 치솟았다. 보랏빛 하늘을 가르며 구름을 돌파했다. 신성은 마법진을 통해 주변을 내려다보았다.

마계의 하늘은 지구와 전혀 달랐다. 어두운 보랏빛이었고 구름은 모두 탁한 색이었다. 저 멀리 떠오른 태양은 지구와 같이 찬란하게 빛나고 있지 않았다. 마치 힘이 빠진 것 같은 모습이었다.

신성은 마계는 정말 살 만한 곳이 아니라고 생각했다. 마계에 비한다면 지구는 천국이나 마찬가지였다. 이러니 마왕들은 잠시나마 맛본 어비스의 달콤함을 잊지 못하는 것이다. 마족들은 감히 어비스를 넘볼 수 없었다. 어비스는 신성의 것이기 때문이다.

'용신을 없애고 마계를 정복하면 이곳을 지옥으로 써야겠군.'

악신의 성을 마계로 옮겨 이곳을 영원한 고통만이 감도는 지옥으로 만들 생각이다. 주신이 된다면 가능할 것 같았다. 물론 악신을 믿는 신도들은 모두 어비스로 옮겨 편안하게 살 곳을 마련해 줄 것이다.

비공정이 빠르게 나아가다가 점차 속도를 줄이기 시작했다. 고리악의 군대가 진을 친 곳을 발견했기 때문이다. 대열을 갖추고 있었는데 곧 진격을 시작할 것 같았다.

신성은 그것을 잠시 바라보다가 씨익 웃었다. 신성의 웃음에 그 자리에 있는 모두가 섬뜩함을 느꼈다.

"아끼지 말고 퍼부어."

신성의 명령이 떨어지자 비공정에 있는 모두가 빠르게 움직였다. 비공정에 실려 있는 폭탄은 화이트 드래곤 사태 때 아이스 골렘들을 쓸어버린 폭탄을 개량한 것이다. 전보다 폭발 범위가 늘어났고 화염 속성의 랭크 또한 올라가 있었

다. 폭탄은 대단히 비쌌지만 신성은 전혀 아까워하지 않았
다.

이제 돈이 아주 넘쳐나기 때문이다.

지잉! 지잉!

비상 사이렌이 울렸다.

[경고! 경고! 폭격 시작 30초 전입니다!]

중형 비공정 전체가 흔들렸다.

비공정은 매우 높은 곳에 떠 있어 고리악의 군대가 결코
알아차릴 수 없었다. 그들의 입장에서는 마른하늘에 날벼락
일 것이다. 실드나 방어 마법으로 대응할 시간도 없는, 그야
말로 완벽한 기습이었다.

[폭격 시작! 폭격 시작!]

모든 카운트가 끝나고 폭격이 시작되었다. 중형 비공정의
밑이 열리며 엄청나게 많은 상자가 쏟아져 내렸다. 마계에는
바람이 잘 불지 않았고 폭탄의 궤적도 모두 정밀하게 계산
되어 있으므로 오폭의 위험은 거의 없었다.

'잘 떨어지는군.'

비공정 밑으로 수많은 상자 모양의 폭탄이 가득했다. 멀
리서 보면 새 떼로 착각할 만큼 장관이었다. 모두가 침묵을
지키며 그 광경을 바라보았다.

콰앙, 콰가가가가!

상자가 바닥에 부딪치는 순간 폭발이 시작되었다.

*　　　*　　　*

조록은 고리악의 오른팔이다. 피의 조록이라 불리는 그는 많은 마족이 두려워했다.

무력 자체는 고위 마족급에 불과하나 그가 저지른 잔혹한 행위 때문에 오히려 마왕보다 유명한 편이었다. 그는 고문을 즐기고 대량 학살을 좋아했다. 마왕 릴리스를 밤낮없이 고문한 일화는 유명했다.

그가 서부 지역을 정벌하며 벌인 학살은 워낙 규모가 커서 거의 모든 마족이 알고 있을 정도였다.

조록은 들떠 있었다. 골든 하렘은 미녀가 많아 고문하는 재미가 있을 것 같아서였다. 특히 그는 차가운 큐리아의 비명을 듣고 싶었다. 조록은 큐리아를 고문해 고분고분하게 만들어 고리악에게 바칠 생각이다.

'그 누구도 이 병력을 막을 수 없을 것이다. 악신 따위가 실제로 존재한다고 해도 말이지.'

30만에 달하는 병력을 어찌 막을 수 있을까?

악신이 정말 존재한다고 해도 그럴 수는 없었다. 조록은 악신에 관한 보고서 따위는 헛소리로 치부하며 무시한 지

오래였다. 그저 어리석은 마족들을 선동하여 과장되게 헛소문을 낸 것에 불과하다고 생각했다.

조록이 생각하는 악신은 그저 음식을 내려주는 권능을 지닌 놈에 불과했다. 비겁하게도 다른 지역의 세력이나 중앙 마왕들이 개입한 것이 틀림없었다.

그렇지 않다면 왜 모습을 직접 드러내지 않을까?

소문대로 엄청난 능력을 갖추고 있다면 직접 나타나 고리악의 세력을 모두 쓸어버리면 될 일이다.

조록은 미신 따위는 믿지 않았다.

신은 없다고 생각했다.

'드디어 도착했군.'

조록은 옆에 있는 간부들을 바라보았다. 직접 선발한 믿음직한 간부들이다. 서부 지역 정벌의 주역들이기도 했다.

이만한 병력으로 패배를 생각하기는 어려웠다. 솔직히 골든 하렘을 없애는 것으로는 대단히 과했다. 중앙 지역의 세력과도 일전을 치를 수 있을 정도의 병력이다.

고리악은 악신이라는 변수를 얕보지 않았다. 그랬기에 직접 조록과 함께 주 병력을 모두 보낸 것이다.

'하루빨리 골든 하렘을 없애고 중앙 지역으로 진출해야 한다.'

조록은 그렇게 생각하며 고개를 끄덕였다.

"준비가 끝났습니다."

"모두 배불리 먹었나?"

"네, 병사들의 사기가 무척이나 높습니다. 그렇게 배불리 먹은 것은 정말 오랜만이니 말입니다."

"좋군. 좋아."

병사들은 자신이 먹은 고기가 무엇인지 전혀 모르고 있었다. 고기가 나오니 고리악에 대한 충성심이 높아졌다. 그 어느 때보다도 사기가 충만했다.

허겁지겁 마구 먹는 모습은 대단히 미개하기 그지없었다. 참으로 단순하게 사는 미개한 놈들이었다.

"출진한다!"

조록이 외치자 함성이 쏟아져 나왔다. 30만의 병사가 일제히 함성을 내지르니 주변이 뒤흔들리는 것처럼 느껴졌다.

이것이 바로 고리악의 힘이었다.

마계를 정벌하고 마신이 될 고리악의 힘이었다.

둥둥!

병사들이 치기 시작한 북소리가 사방으로 울려 퍼졌다.

모든 병력이 일제히 움직이는 순간이었다. 조록은 무언가 다가오는 느낌에 문득 하늘을 바라보았다.

'새 떼인가?'

하늘이 검은 점으로 가득했다. 하늘을 가득 메우며 무언가 다가오고 있었다. 시체를 파먹는 새들이 떼를 지어 다니는 광경은 드물지 않았다.

조록이 몇 번이고 본 광경이다. 그러한 새들은 그럭저럭 좋은 식량이 되어주었다. 새 떼라고 생각하고 지켜보는데 새 떼와는 움직임이 달랐다. 새 떼라고 생각한 그것은 계속해서 아래로 내려오고 있었다.

"정지!"

조록은 병사들을 멈추었다. 조록이 진격을 멈추게 하고 하늘을 바라보자 간부들과 주변에 있던 병사들도 하늘로 시선을 옮겼다.

"뭐지?"

"뭔가 떨어지는 것 같은데?"

"새는 아닌 것 같은데?"

검은 점이 점점 확대되었다. 조록의 눈동자가 점점 커지기 시작했다. 드디어 검은 점의 원래 모습을 제대로 볼 수 있었다. 그것은 기묘한 문양이 새겨진 상자였다. 그저 상자라고 표현할 수밖에 없는 생김새였다. 그런 상자가 하늘을 가득 메우며 떨어져 내리고 있었다.

조록은 상황이 심상치 않음을 드디어 자각했다. 저것이 단순한 상자라고 할지라도 병력이 맞는다면 피해가 꽤 생길 것이다.

만약 다른 기능이 있다고 한다면?

저것이 설령 폭발하기라도 한다면?

"전속력으로 전진! 전진해!!"

조록의 다급한 명령에 간부들은 우왕좌왕했다. 병사들이 다시 움직이기 시작할 때였다.

가장 먼저 내려온 상자 하나가 병사들 사이에 떨어졌다.

큰 소음과 함께 땅에 박히더니 상자가 부풀어 오르기 시작했다.

"뭐……?"

콰아아아아앙!

엄청난 폭발이 일어났다. 치솟은 화염이 주변의 모든 것을 삼켜 버렸다. 병사 수백이 반항도 하지 못하고 그대로 재가 되어버렸다.

그것은 시작에 불과했다. 그러한 상자가 모두 바닥에 박혔다. 순식간에 주변에 새까맣게 변했다. 숫자는 무수히 많다고밖에 표현할 수 없었다. 주변 일대를 모두 덮어버릴 정도로 많았다.

조록은 다급히 양손을 뻗어 간부들의 목을 움켜잡았다. 그는 마력을 흡수하는 능력을 지니고 있었다. 마왕이 된다면 한 차원 높은 능력으로 개화될 테지만 지금은 그저 마력을 흡수하는 것이 전부였다.

"시, 실드!"

마력을 흡수한 후 다급하게 땅을 파고들어 가서 모든 마력을 소모해 실드 마법을 시전했다.

콰아아아아앙!

모든 것을 녹여 버릴 것 같은 열기가 대지를 달구었다. 엄청난 폭발은 모든 병사를 휩쓸었다. 솟아 있던 바위가 녹아 흐르고 불기둥이 하늘을 향해 치솟았다.

"크아아악!"

조록은 병사들이 그런 것처럼 비명을 내질렀다.

실드 마법으로 어느 정도 버텼지만 열기는 온전히 막지 못해 온몸이 타들어가고 있었다. 고위 마족이 되어 단단해진 피부가 흐물흐물해지며 기포가 솟아났다. 조록은 비명을 지르면서도 살기 위해 땅을 더 파고들어 갔다.

'무, 무슨 일이야?! 도, 도대체 이건……!'

도저히 이해할 수 없는 일이었다. 하늘에서 떨어진 상자들은 둘째 치고 그 상자가 내뿜는 화력이 엄청났다. 그런 무기는 무기에 관심이 많은 조록조차 듣도 보도 못한 것이었다. 중앙 마왕의 것이라 보기에도 무리가 있었다.

'이, 이 세상의 것이 아니야!'

땅속이 마치 오븐처럼 달구어졌다. 조록의 고급스러운 옷이 녹고 피부가 타버려 근육이 드러났다.

조록이 필사적으로 땅을 파고들어 갔기에 그 정도에 그친 것이다. 두 간부의 마력을 빠르게 흡수하지 않았다면 온몸이 녹아 사라졌을 것이 분명했다.

조록은 덜덜 떨었다. 처음 겪는 공포였다. 이해를 넘어선 무력에 공포를 느끼고 있었다. 고리악에게조차 두려움을 느끼지 못했는데 그는 지금 극심한 공포를 느끼고 있었다.

"으, 으아……."

조록은 한동안 땅속에서 움직이지 않았다. 극심한 호흡 곤란에 시달렸지만 움직일 수 없었다. 열기가 사라질 때쯤 부들부들 떨리는 손을 움직여 간신히 지상으로 올라왔다.

"아, 아……."

지상에는 아무것도 남아 있지 않았다. 돌이나 잡초도 모두 사라졌고 대단히 매끄럽게 변한 대지만이 남아 있었다. 바닥은 마치 거울이라도 된 것처럼 매끈해져 주변의 빛을 반사하고 있었다.

조록은 간신히 지상으로 올라와 지렁이처럼 바닥을 기었다. 그는 처참한 상태였다. 화려한 모습은 사라진 지 오래였다.

엄청난 고통이 엄습해 왔다. 그는 살고 싶었다. 이렇게 죽을 수는 없었다.

휘이이이!

조록의 눈에 말도 안 될 정도로 거대한 무언가가 내려오는 것이 보였다. 그 광경은 기적이라고밖에 표현할 수 없었다. 거대한 무언가가 바닥에 내려앉고 잠시 뒤에 누군가가 자신에게 다가왔다.

그 존재감에 온몸이 찌푸려지는 느낌이 들었다.

뚜벅뚜벅.

맑은 소리가 울려 퍼졌다. 검게 물든 누군가가 거울처럼 반사되는 대지를 밟으며 자신에게 다가오고 있었다. 조록의 눈동자에 피가 스며들어 온 세상이 붉게 보였다. 그 가운데에서 다가오고 있는 존재는 유난히 어두웠다.

조록은 저 존재가 무엇인지 깨달았다.

"아, 악신……!"

악신이 다가오고 있었다.

*　　　*　　　*

화끈하게 타올랐다. 가지고 온 폭탄을 모조리 쏟아부은 결과였다. 고리악의 군대가 전멸하는 것은 순식간이었다. 그들이 넓게 퍼져 있었다면 몇몇은 살아남았을지도 모른다. 골든 하렘을 단번에 쓸어버리기 위해 밀집대형을 유지하니 폭발에 모두 휘말려 죽을 수밖에 없었다.

"대, 대단해!"

큐리아는 멍하니 그 광경을 바라보았다.

신성에 대한 애정과 존경심이 계속해서 오르고 있었다. 릴리스도 감탄하며 바라보았지만 이비는 별다른 관심이 없는지 비공정을 돌아다니며 청소를 하고 있었다.

시원한 광경을 보니 신성의 분노가 그나마 조금 누그러졌다. 잠시 뒤, 경험치가 마구 밀려왔다. 레벨 업 창이 떠오르며 신성의 레벨이 꽤 올랐다.

"힘이……?"

큐리아의 레벨이 급격히 치솟으며 강력한 힘을 부여해 주었다. 그것은 큐리아뿐만 아니라 그녀의 기사단들도 마찬가지였다. 그리고 골든 하렘에 있는 신도들도 그야말로 폭발적인 레벨 업 세례를 받고 있었다.

30만 병력이 준 경험치 폭탄을 맞은 것이다.

[골든 하렘의 신도들이 각성하였습니다.]

[골든 하렘에서 수많은 중급 마족, 상급 마족이 탄생하였습니다.]

[새로운 직업이 탄생하였습니다. 악신의 신도들은 새로운 직업으로 전직할 수 있습니다.]

*분노의 광전사(하급 마족 이상)

*어둠의 광신도(하급 마족 이상)

*이단 심문관(중급 마족 이상)

*악신의 제사장(중급 마족 이상)

[주의!]

골든 하렘에 칼인트의 권능이 남아 있습니다.

골든 하렘에서 전직하면 예기치 않은 신체 변화가 생길 수도 있습니다.

하층민에 불과하던 수많은 신도가 막대한 경험치로 인해 각성하였다. 신도들의 숫자는 고리악의 주요 병력보다 훨씬 많았다. 제대로 훈련만 거친다면 성전을 일으킬 수 있는 막강한 군대가 될 것이다. 죽음을 두려워하지 않고 오로지 신앙심으로 뭉쳐 있는 성스러운 군대로 변할 것이다.

비공정이 착륙했다. 생존자가 있을지도 모르니 확실하게 끝내기 위해서였다. 비공정이 착지하자 신성이 바닥으로 내렸다. 큐리아와 기사들이 신성을 호위한다고 했지만 신성은 고개를 저었다. 먼저 골든 하렘으로 돌아가 신도들을 훈련하라는 지시를 내렸다.

'볼 만한 경치군.'

바닥이 거울처럼 빛나고 있었다.

30만의 병력이 죽은 곳이라는 생각이 들지 않을 정도로 아름다웠다. 30만의 영혼은 신성에게 모조리 빨려들어 왔다. 레벨이 오른 것보다 막대한 영혼력을 습득한 것이 더 마음에 들었다.

신성은 드래곤의 눈으로 생존자가 있는지 훑어보았다. 그만한 화력 속에서 생존할 수 있는 마족은 마왕급 정도가 아니라면 무리였다.

'하나 있군.'

신성의 눈에 바닥을 꿈틀거리며 기고 있는 마족이 보였다. 신성은 서두를 것 없이 천천히 놈에게 다가갔다. 발걸음 소리는 맑았다.

종을 울리는 것 같은 소리가 들려왔다.

"크, 크윽……."

지렁이처럼 바닥을 기고 있던 놈이 신음을 흘렸다. 신성은 그를 내려다보았다.

"아, 악신……."

놈이 간신히 말을 내뱉었다. 꽤 안목이 있는 놈 같았다. 신성은 그의 정보를 살펴보았다.

"음? 네가 그 조록이군."

바로 고리악의 오른팔로 알려진 조록이었다. 조록이 간신히 고개를 들어 신성을 바라보았다. 신성과 눈이 마주치자 그의 몸이 더욱 심하게 떨렸다.

"사, 사, 살려……."

"그래, 이대로 죽기는 억울하지?"

신성은 미소를 지으며 조록을 바라보았다. 조록은 이용 가치가 컸다. 그가 알고 있는 마계에 대한 정보는 대단히 유용할 것이다.

"힐."

조록에게 힐을 쓰자 조록의 상처가 아물었다. 물론 전부 다 치료하지는 않았다. 그저 죽지 않을 정도로만 해놓았다. 그래도 부작용이 찾아왔는지 조록은 바닥을 마구 꿈틀거리며 비명을 질러댔다.

그 모습이 대단히 추했다.

"으, 으악! 아악!"

"오, 조록 아닌가? 참 반가운 얼굴이로다."

릴리스가 날아와 신성의 뒤에 섰다. 릴리스를 그런 꼴로 만든 계획을 짠 것이 바로 조록이었다. 릴리스의 뿔을 뽑은 것도 조록이었다.

릴리스는 앞으로의 일이 무척이나 기대되는지 눈을 반짝였다.

"리, 리, 릴리스! 어, 어떻게……?"

조록은 몸을 꿈틀거리는 와중에도 릴리스를 알아보았다. 릴리스는 그런 그의 머리를 밟으며 황홀한 표정을 지었다.

"조금 괴롭혀도 돼? 워낙 쌓인 것이 많아서 참기 힘들다."

"살려만 놓는다면 괜찮아."

"그건 내 전문이지."

"적당히 해."

신성의 허락이 떨어지자 릴리스가 손가락을 꿈틀거렸다. 릴리스의 손가락에 뇌전이 감돌았다. 릴리스는 환한 미소를 지으며 조록의 몸을 훑어보았다.

"음, 쓸모없는 것을 달고 있구나. 잘라 버리는 것이 좋겠네?"

"아, 아, 안 돼! 아아악!"

"후후후, 앙탈이 심하구나, 조록. 아직 시작도 하지 않았다."

조록의 비명이 울려 퍼졌다. 릴리스는 악신의 성에서 수많은 죄인을 고문하였기에 대단히 높은 랭크의 고문 기술을 지니고 있었다.

"끄, 끄아아악! 그, 그것만은… 아, 안 돼! 아악!"

조록은 더 이상 사내라 부를 수 없게 되었다.

주 병력을 모두 투입한 골든 하렘 정벌 계획은 그렇게 실패했다.

신성이 골든 하렘으로 오기 전에 일을 치렀다면 이야기가 달라졌을지도 모른다. 여러모로 타이밍이 나빴다고 할 수 있었다.

CHAPTER 4
가치I

위대한 승리!

최초의 성전이 승리로 끝났다. 30만에 달하는 고리악의 군대가 그 흔적조차 남기지 못하고 사라졌다. 하늘에서 떨어진 악신의 재앙이 어마어마한 불을 토해내며 평원을 잿더미로 만들어 버렸다.

거칠던 평원은 마치 거울을 보는 것처럼 매끄러워졌고, 그것이 신도들 사이에서 기적의 흔적이라 불리고 있었다.

골든 하렘의 신도들은 모두 악신이 내린 천벌을 목격했다. 그리고 그 엄청난 불의 재앙이 자신들에게 막대한 힘을 부여해 주었음을 깨달았다. 신도 대부분이 하급 마족을 넘어섰고, 중급 마족, 상급 마족 역시 등장했다. 모든 신도의 신앙심이 치솟은 것은 당연한 결과였다.

하급 마족, 또는 그 이상이 된 신도들은 골든 하렘의 성에서 전직을 신청할 수 있었는데 전직은 큐리아가 관리했다. 하급 마족들은 분노의 광전사, 어둠의 광신도로 전직할수 있었고, 중급 마족은 이단 심문관, 악신의 제사장으로 전직할 수 있었다. 재미있는 점은 큐리아가 전직을 시켜줄 때 골든 하렘에 남아 있는 칼인트의 권능이 발동된다는 점이다. 그 때문에 전직하는 모든 신도의 신체가 변화했다.

남성이 여성으로 변할 정도는 아니었지만 거친 마족의 모습이 많이 사라지고 엘프처럼 아름다운 모습으로 변했다. 여성 마족일 경우에는 골든 하렘의 여인들처럼 한층 더 아름다워졌다. 이미 악신을 위해 목숨을 바치겠다고 맹세한 신도들은 자신의 겉모습 따위는 어떻게 되든 신경 쓰지 않았다. 오로지 이단자를 처단하고 성전에 참여할 생각으로 가득했다.

큐리아와 기사들은 신도들을 훈련시켰다. 신앙심으로 무장된 신도들은 순식간에 성전을 수행하는 병사로 재탄생되었다. 그들은 마왕 따위를 따르는 이단자를 결코 용서하지 않을 것이다.

'지금쯤이면 다 뽑아냈겠지?'

신성은 골든 하렘의 성에 있는 감옥으로 향했다.

신성이 감옥에 있을 때와는 달리 제법 분위기가 음침했다. 릴리스를 따라온 트리시가 드래곤 상점에서 구입한 고문 세트로 감옥을 꾸몄기 때문이다. 보기만 해도 소름이 끼치는 고문 기구들이 사방에 즐비하게 깔려 있었다.

고문 기구 중에 촉수 슬라임이 있는 것이 조금 의아하기는 했다.

릴리스는 트리시가 고문하는 것을 지켜보며 의자에 앉아 와인을 마시고 있었다. 자세히 보니 와인이 아니라 포도 맛 탄산음료였다. 그러고 보니 릴리스는 유난히 술에 약했다. 신성이 감옥에 나타나자 트리시가 하던 일을 멈추고 신성에게 인사했다. 릴리스는 손을 흔들 뿐이다.

신성이 릴리스의 포도 주스를 빼앗아 마시자 릴리스가 급속도로 시무룩해졌다. 신성은 피식 웃으며 드래곤 레어에 있는 주스를 한 병 꺼내 건넸다. 이비가 최상의 재료를 이용해 만든 주스였다.

"오, 오오! 대단한 맛이로다!"

릴리스의 눈이 반짝였다. 신성은 고개를 돌려 조록을 바라보았다.

"꼴이 말이 아니군. 살아 있는 것이 용할 정도야."

"여러 가지를 실험해 봤다. 아주 즐거운 시간이었지."

조록의 꼴은 비참했다. 여러 고문을 받은 흔적이 가득했다. 조록의 주변에는 굉장히 질이 좋은 포션이 가득했는데 그것이 조록의 육체를 회복시키고 정신마저 잃지 못하게 만들고 있었다.

"으, 으아악!"

조록은 신성을 보자마자 발작을 일으키며 거품을 물었다.

릴리스의 손에는 조록의 뿔이 들려 있었다. 뿔의 모습은 무척이나 작아져 있었는데 릴리스가 잔인하게도 조록의 뿔을 깎아 주사위로 만들었기 때문이다.

뿔을 잃은 조록은 하급 마족보다 못했다. 하층민 사이에서도 힘을 쓰지 못할 것이다. 마족에게 뿔은 그만큼 중요했다.

"원한은 좀 풀렸어?"

"이제 시작이다. 악신의 성에 친히 저놈의 자리를 마련해 놓았거든. 특별 대우란 거지."

"살아서도 고통이고 죽어서도 고통이겠군."

"음, 큐리아에게 부탁해서 여자로 만들어볼까?"

트리시가 릴리스의 말에 고개를 끄덕였다.

"그렇게 된다면 고문 물품을 좀 더 실험해 볼 수 있겠군요. 얼마 전에 신상품을 구매했는데 잘되었습니다."

"그렇지?"

트릭시의 말에 릴리스가 씨익 웃었다.

"뭐, 가능은 하겠지. 알아서 해."

신성은 그렇게 말하며 고개를 설레설레 저었다.

골든 하렘에 남아 있는 칼인트의 권능을 사용한다면 가능한 일이었다. 릴리스는 조록을 괴롭힐 다양한 방법을 떠올리며 고민하고 있었다. 조록의 앞날이 참으로 기대가 되었다.

"주, 죽여줘! 제, 제발… 주, 죽여주세요."

정신을 차린 조록은 제발 죽여달라고 빌었다. 죽어서 편안해지고 싶은 마음뿐이었다. 그러나 그는 모르고 있었다. 죽음 뒤에 또 다른 고통이 기다리고 있다는 것을 말이다. 조록의 악업은 대단했다. 영혼을 검게 물들이고 있었다. 과연 저 악업이 전부 사라질 수 있을지 의문이 들 정도였다.

"뽑아낸 정보는?"

"고리악이 있는 곳, 그곳의 병력, 지도, 모두 다 뽑아냈지."

"잘했어."

신성이 릴리스의 머리를 헝클어뜨렸다. 릴리스가 눈썹을 찡그리며 다시 머리를 정리했다. 요즘 들어 미용에 관심이 커진 릴리스였다. 김갑진 옆에는 예쁜 엘프 비서들이 붙어 있으니 그럴 만도 했다.

신성은 릴리스에게 정보를 들었다. 고리악은 서부 지역에서 가장 큰 도시에 머물고 있었다. 주요 병력은 모두 전멸했기에 도시의 수비 병력과 조리악의 측근인 정예 기사들밖에 존재하지 않았다. 조록이 친절하게도 비밀 통로들까지 모두 알려줘서 고리악이 빠져나갈 만한 곳을 모두 파악한 지 오래였다.

"이제 고리악만 남았군."

현재 중형 비공정은 전력으로 쓸 수 없었다.

중형 비공정에 실려 있던 폭탄을 전부 소모해 보급을 받아야 했다. 그러나 손과 발, 그리고 몸통을 잃고 머리만이 남은 고리악을 치는 데 중형 비공정은 필요 없었다. 신성이 굳이 본체로 현신할 필요도 없이 모은 영혼력을 쓴다면 간단히 처리할 수 있을 것이다.

슬슬 고리악을 정리할 시점이었다.

신성은 고리악과의 만남이 기대되었다. 얼마나 대단한 마족이기에 스스로를 신이라 자처하는지 궁금했다.

"그럼 릴리스, 일을 진행하도록 해."

릴리스에게 일 진행을 맡기고 신성은 성 밖으로 나왔다. 골든 하렘은 그 이름에 맞지 않게 대단히 성스럽게 변모하고 있었다. 확장된 지역에는 예배당이 들어서고 있었고 다른 건물들도 대부분이 종교와 관련된 시설이었다. 하렘이라는 이름이 들어간 것이 어이가 없을 정도였다. 그래도 이름을 바꿀 생각은 없었다. 이름을 바꾼다면 칼인트의 권능이 소실될지도 모르기 때문이다. 지극히 쓸모없는 권능이기는 했지만 그래도 기적을 일으킨다는 측면에서는 없는 것보다는 도움이 될 것이다.

잠시 골든 하렘을 바라보던 신성은 드래곤 로드의 권능을 일으켰다. 공간이 뒤틀리며 순식간에 골든 하렘에서 늪의 강 건너편까지 이동되었다.

신성은 맵을 펼쳐보았다. 조록에게서 얻은 정보를 체크해 고리악이 있는 도시를 찾았다.

"여기로군."

그가 있는 곳은 서부 지역의 대도시 코로난이었다. 코로난 주변에는 마계치고는 드물게 호수가 있었는데 덕분에 그곳의 마족들은 맑은 물을 마실 수 있었다. 물론 고리악이 모두 독점했으니 하층민은 손도 대지 못했다.

고리악은 맑은 물을 다른 지역의 귀족들에게 팔아 제법 많은 이득을 챙기고 있었다.

신성은 코로난의 주변으로 이동했다. 드래곤 로드의 권능은 대단히 편리했다. 권능의 사용이 익숙해지니 매우 손쉽게 공간 이동을 할 수 있었다.

"둘러볼까."

코로난은 마계의 꽃이라 불렸다. 릴리스 역시 감탄한 곳이라고 한다. 고대의 유물을 발굴해서 만들었다는 전설이 내려오는데 누구도 정확히 알지 못했다. 고리악도 그저 서부 지역을 정벌하며 차지한 것일 뿐이다. 신성이 앞을 향해 걸어가자 공간이 일그러지며 코로난 안으로 이동되었다. 신성이 갑작스럽게 나타났음에도 도시를 지키는 병사들은 신성의 존재를 눈치채지 못했다.

신성은 주변을 바라보았다.

고풍스러운 건물이 가득하고 바닥은 잘 정돈되어 있었다. 마계의 도시라고는 생각할 수 없을 정도로 대단히 화려한 모습이었다. 아직 주 병력이 소멸했다는 소식을 듣지 못했는지 별다른 소란은 일어나지 않고 있었다.

"어디서 노예 따위가 두 발로 걷는 것이냐!"

"꺄악!"

"버러지는 버러지답게 기어!"

노예들을 끌고 가는 마족들이 보였다. 노예들은 쇠사슬에 포박되어 어디론가 끌려가고 있었다. 악신을 믿고 있는 노예도 있었고 오히려 악신을 탓하며 모든 불행의 원인으로 여기는 노예도 있었다. 그런 노예 대부분은 귀족이나 중급 마족 정도 되는 지위에서 노예로 추락한 자들이었다.

신성은 하품을 내쉬고 있는 병사에게 다가갔다. 병사는

신성이 다가오자 긴장했다. 검은 로브를 입고 있었지만 신성의 모습은 귀족 그 자체였기 때문이다.

코로난에서 귀족에게 잘못 보였다가는 노예가 될 수도 있었다. 병사는 신성이 고리악의 휘하에 있는 귀족 중 하나라고 생각할 수밖에 없었다.

"말씀하시지요, 고귀한 분이시여."

"저 노예들은 어디로 데려가는 건가?"

"오늘은 노예 경매가 열리는 날이라 아마 그쪽 상품일 겁니다."

"그렇군."

신성은 고래를 끄덕였다. 신성은 노예 경매에 관심이 생겼다. 아르케디아 온라인에서는 NPC 일꾼을 사고파는 경매장이 존재했다. 현실적으로 따지면 그것도 노예 경매와 비슷한 것일지도 몰랐다. 어쨌든 둘러보기로 했으니 가보는 것도 나쁘지 않을 것 같았다.

신성은 노예 경매가 열리는 곳으로 향했다. 많은 마족이 모여 있었는데 귀족으로 보이는 자들은 일반 마족과는 다른 곳으로 들어가고 있었다. 신성이 다가가자 주변의 귀족들이 신성을 바라보았다. 신성은 신경 쓰지 않고 경매장으로 다가갔다.

경매장 입구에는 기사가 서 있었는데 명단을 살펴보며 귀족들을 출입시키고 있었다. 당연히 신성의 이름이 명단에 적혀 있을 리 없었다.

[잊어라.]

신성이 용언을 사용하자 기사의 몸이 굳어버렸다. 기사의 눈빛이 흐려졌다. 침마저 질질 흘리다가 신성이 지나치자 화들짝 놀라며 눈을 깜빡였다.

안으로 들어온 신성은 경매장의 내부가 예상보다 화려한 것을 보고 살짝 놀랐다. 얼마 전에 지어진 듯 주변은 모두 새것처럼 빛나고 있었다. 마계의 척박한 자원을 생각해 볼 때 이런 사치를 누릴 수 있는 이들은 극소수일 것이다.

긴 복도를 걸어가자 번호표를 나눠주고 있는 것이 보였다. 가장 높은 신분의 마족이 가장 작은 숫자를 배정받았다. 번호표를 받으면 아름다운 하녀들이 달라붙어 해당 귀족의 수발을 들었다. 귀족들이 음탕한 손길로 하녀의 몸을 주물럭거리고 있었다.

'어디 보자. 가장 계급이 높은 놈이……'

1번 표를 받고 오만한 미소를 짓고 있는 살덩어리가 보였다. 매우 큰 체격이었는데 온통 살로 덮여 있어 혐오스러웠다. 그의 옆으로 다가온 하녀들이 덜덜 떨며 술을 따라주고 있었다.

신성은 드래곤의 눈으로 그를 바라보았다.

그는 고리악의 측근인 피그녹 후작이었다. 고리악의 최측근은 아니었지만 가끔 실세들과 자리를 할 만큼 유명한 귀족이었다.

신성은 피그녹에게 걸어갔다. 피그녹은 귀족들에게 둘러싸여 돼지 같은 웃음소리를 내뱉고 있었다. 귀족들의 아부가 마음에 드는 모양이다.

"허허, 걱정하지 말게나. 고라악 님께 잘 말해주도록 하겠네."

"하하하, 마음이 든든합니다. 그럼 제가 오늘 노예 하나 사서 바치겠습니다."

"거참, 성의이니 받기는 하겠네. 허허허."

역겨운 목소리였다. 그들의 영혼에는 악업이 가득했다. 저 악업을 흡수한다면 꽤 큰 경험치를 받을 수 있을 것 같았다. 신성은 피식 웃고는 피그녹의 앞에 섰다.

피그녹은 갑자기 자신의 앞에 나타난 신성을 보며 인상을 찌푸렸다.

"뭐 하는 놈이냐? 감히 이 피그녹 후작님의 앞을……!"

[꿇어라.]

"어억!"

신성의 입에서 용언이 흘러나왔다.

피그녹의 무릎이 자동으로 꿇렸다. 무릎이 단번에 바닥

에 닿으며 큰 소리가 울려 퍼졌다. 피그녹의 양 무릎이 그의 육중한 무게를 감당하지 못하고 부서져 버렸다. 이제 다시는 무릎을 펴지 못할 것이다.

피그녹은 밀려오는 고통에 입을 크게 벌리며 비명을 지르려 했다.

[조용히 해.]

그러나 목소리가 나오지 않았다. 용언이 그의 모든 소리를 앗아가 버렸다.

피그녹은 안간힘을 쓰며 몸을 일으키려고 했지만 전혀 움직일 수가 없었다. 주변에 있던 귀족들은 갑자기 피그녹이 무릎을 꿇자 무슨 일인지 이해하지 못하며 허둥거렸다.

신성이 피그녹의 머리를 바라보았다. 피그녹의 머리가 점점 숙여지더니 완전히 땅에 닿았다.

피그녹은 손을 앞으로 뻗은 채 굴욕적인 자세를 취하고 있었다. 신성이 손가락을 튕기자 피그녹의 손에 있던 번호표가 신성의 손으로 빨려들어 왔다.

"양보, 고맙네."

신성이 마력으로 짓누르자 피그녹은 몸을 부르르 떨다가 그대로 기절했다.

"피곤한가 보군. 데려다 주도록."

신성이 기사를 보며 말하자 기사가 주춤거리며 다가와 피그녹을 들고 사라졌다. 피그녹은 당분간 깨어나지 못할 것이다.

귀족들은 신성의 눈치를 살폈다. 그들의 눈에는 피그녹이 갑자기 무릎을 꿇더니 신성에게 번호표를 바친 것으로 보였다. 그러더니 갑자기 실신한 것이다.

귀족들은 신성을 고리악의 최측근이라 생각했다. 최측근 중에는 모습을 드러내지 않은 자들도 있었는데 그들 중의 하나라고 생각할 수밖에 없었다.

신성이 좌석 쪽으로 걸음을 옮기자 여섯 명의 하녀가 따라왔다. 1번 자리는 가장 무대가 잘 보이는 곳에 있었는데 대단히 화려한 의자가 놓여 있었다. 누워도 될 만큼 의자의 크기가 컸다.

"좋군."

신성은 의자에 앉았다. 하녀들이 술잔에 술을 따르고 음식을 가지고 왔다. 하녀들은 겁에 질려 있었지만 침착한 태도를 유지하려 노력하고 있었다.

"그럼 노예 경매를 시작하겠습니다!"

경매는 예정보다 빨리 시작되었다. 신성이 지루한 기색을 보이자 서둘러 경매를 시작한 것이다.

* * *

조용한 분위기 속에서 경매가 진행되었다. 귀족들이 앉는 좌석 외에 일반 마족들이 앉아 있는 좌석도 있었는데 귀족들의 아래에 마련되어 있었다. 하급 마족을 비롯한 중급, 상급 마족이 득실거렸다.

신성 때문에 심각한 귀족들의 분위기와는 달리 일반 마족들은 들뜬 분위기였다. 좋은 노예는 귀족들이 다 사가겠지만 잘하면 떨어지는 콩고물이라도 얻어먹을 수 있기 때문이다.

신성은 하녀가 따라준 술을 마셔보았다. 고급스러운 병 안에 들어 있기에 나름 기대가 되었다. 한 모금 마신 신성의 인상이 절로 찌푸려졌다.

'맛없군.'

차라리 김빠진 콜라가 나을 지경이다. 잘도 이런 술을 고급술이라고 마시고 있었다. 하녀가 허둥거리며 신성의 눈치를 살폈다. 신성은 잔을 내려놓고 무대를 바라보았다. 꽤 잘 차려입은 사회자가 나오더니 귀족이 있는 좌석을 향해 정중하게 인사를 했다.

"지금부터 노예 경매를 시작하겠습니다."

병사들이 노예를 끌고 나왔다. 그리 좋은 상태는 아니었다. 오랫동안 굶은 것 같았다. 마족이라서 버틴 것이지 휴먼족이었다면 예전에 죽었을 것이다. 병사들이 잘 걷지도 못하는 노예를 채찍으로 때리기 시작했다. 노예가 비명을 지르자 마족들이 손뼉을 치며 좋아했다.

저들에게 있어서 노예는 그저 가축에 지나지 않았다. 이러한 광경이 당연한 것이 바로 마계였다.

"손재주가 좋은 노예입니다! 5C부터 시작합니다!"

마계의 화폐는 어둠의 마력 코인이었다. 아르케디아와 똑같이 C로 표기했지만 마력 코인 자체는 달랐다. 아르케디아의 마력 코인과는 달리 검은색이었다.

화폐 자체가 대단히 귀해 가격은 무척이나 싼 편이었다. 귀족을 제외한 일반 마족들은 보통 물물교환을 했기 때문이다.

"10C!"

"15C!"

귀족들이 경매에 적극적으로 참여했다. 사회자가 추임새를 넣자 그 열기가 더욱 달아올랐다. 낙찰이 되자 노예의 얼굴에 절망이 내려앉았다. 귀족들에게 팔려 나갈 경우 대부분은 끔찍한 최후를 맞이했다. 차라리 강제 노역을 하는 곳에서 지내는 편이 훨씬 나을 지경이었다.

노예를 산 귀족은 뿌듯한 표정이 되었다. 벌써 노예를 어떻게 괴롭힐지 기대가 되는 모양이다. 노예의 용도는 보통 귀족들의 취미 생활이었다.

경매는 계속되었다. 뒤로 갈수록 경매가 치열해졌다. 귀족들은 모두 자신의 재력을 과시하듯이 마력 코인을 꺼내 자랑스럽게 내보이고 있었다. 물론 신성이 가진 것에 비하면 새 발의 피도 되지 않는 양이다.

신성의 눈치를 보던 사회자가 손짓하자 병사들이 노예 하나를 끌고 왔다.

"크, 크흠! 이번 노예는 여러분이 기다리시는 그 노예입니다!"

어린 노예였다. 레아와 비슷한 또래로 보였다.

"뭐 하고 있느냐! 어서 보여 드려라!"

사회자의 말에도 어린 노예는 입술을 깨물고 가만히 있었다. 그러자 사회자가 병사들을 바라보았다. 병사들이 손에 든 채찍을 휘둘렀다.

"꺄악!"

어린 노예의 등에 상처가 나며 피가 흘러나왔다.

고통에 비명을 지른 어린 노예가 덜덜 떨며 기도하기 시작했다. 그러자 빛이 뿜어져 나오더니 식량이 나타났다.

"공장에서 특별히 공수해 온 노예입니다."

신성은 신도들이 기도를 하면 무조건 식량을 주도록 설정해 놓았다. 그렇지 않으면 고리악이 신도들을 도륙해 잡아

먹기 때문이다. 사회자가 식량을 귀족들에게 보여주었다. 마계에서는 구경조차 할 수 없을 정도로 품질이 좋았다.

그것을 보자 귀족들이 만족스러운 미소를 그렸다.

"음, 쓸모 있는 것이 나왔군."

"그러게 말입니다.

귀족들이 돈을 꺼내기 시작했다. 고리악의 명령으로 인해 악신을 믿는 노예들은 모두 고리악에게 회수되었다. 그런 노예를 비밀리에 보관하고 있다면 극한 처벌을 받았다. 그러나 귀족 몇몇은 비밀리에 그런 노예들을 가지고 있었다. 식량은 많을수록 좋았다. 식량이 곧 권력이 되는 곳이 바로 마계였다.

그들은 악신의 식량을 이미 맛본 후였다. 그 맛을 도저히 잊을 수 없었다. 오늘 경매에 고리악이 특별히 공급해 준 노예가 나온다는 소문이 나자 모두 몰려온 것이다.

'저런 식이었군.'

신성의 표정이 싸늘하게 내려앉았다. 자신의 것을 도둑질해 가는 광경을 보니 가라앉았던 분노가 다시 치솟았다.

슬슬 구경하는 것도 끝낼 때가 되었다. 신성은 이곳에 관광하러 온 것이 아니었다.

"60C!"

"크흠! 100C!"

"양보하시는 것이 좋을 것이오. 130C!"

경매 열기는 뜨거웠다. 어린 노예는 악신을 배신했다는 죄책감에 눈물을 흘리고 있었다.

신성은 깊은 숨을 내쉬었다. 그 숨결에서 검은 기운이 일렁였다.

신성은 천천히 자리에서 일어났다. 신성이 몸을 일으키자 주변이 순식간에 조용해졌다. 경매에 참여하고 있던 귀족들은 입을 닫았고 사회자 역시 그러했다.

"식량값을 받아야겠군."

세상에 공짜는 없다. 도둑질한 식량값을 받을 차례였다. 신성이 손가락을 튕기자 옆에 있던 귀족의 몸에서 불길이 치솟았다.

"끄, 끄아악!"

귀족은 마력을 일으켜 불길을 끄려 했지만 홍염은 귀족의 마력을 먹고 더욱 커졌다. 순식간에 몸이 녹아내리며 어두운 보석으로 변했다. 그것은 영혼석이었다.

신성이 손을 뻗자 영혼석이 그의 손으로 빨려들어 왔다.

[C]타락한 영혼석

악업으로 더럽혀진 영혼석.

악신의 성에서 악업을 씻게 된다면 순도 높은 영혼석으로 바꿰게 된다. 지금은 순도가 낮아 효율이 나쁘다.

　영혼석은 질이 좋지 않았다. 식량값으로는 턱없이 적었다. 신성은 놈들이 가져간 모든 식량의 값을 철저하게 받을 생각이다.

　귀족들은 상황 파악을 하지 못하고 있었다. 신성은 당황한 표정을 짓고 있는 귀족에게 다가갔다. 간사하게 생긴 얼굴인데 유난히 뿔이 길었다.

　[잘려라.]

　뿔이 잘려 나갔다. 간사하게 생긴 얼굴에 고통과 함께 경악이 떠올랐다. 바닥에 떨어진 자신의 뿔을 믿을 수 없다는 듯 바라보았다. 신성이 손을 휘젓자 홍염이 치솟으며 뿔을 녹여 버렸다.

　"으, 으아아아!"

　귀족은 자신의 뿔이 사라진 곳을 바라보다가 비명을 지르며 두 손으로 바닥을 더듬었다. 고위 마족이던 귀족은 이제 하층민보다 못한 지위로 추락했다. 뿔이 잘린 마족은 어디를 가나 핍박을 받았다. 하층민보다 힘이 없기에 노예로도 쓰지 못하는 것이 바로 뿔 잘린 마족이었다.

　신성은 그를 죽이지 않았다. 사는 것 자체가 지옥일 것이다.

"미, 미친……!"

드디어 사태를 파악한 귀족들이 마력을 일으키며 신성을 노려보았다.

"뭐, 뭐야?!"

"꺄아악!"

순식간에 경매장은 아수라장이 되었다.

기사들이 몰려와 신성을 둘러쌌다. 병사들 역시 밀려들어 오고 있었다. 그리고 밖에서 대기하고 있던 귀족들의 호위 기사도 우르르 몰려왔다.

경매장 주변이 봉쇄되자 사회자는 갑작스러운 사태에 도망가지도 못했다. 신성은 친절하게 기다려 주었다. 이렇게 알아서 몰려와 주니 정리하기 편했다.

기사 하나가 뛰어오더니 귀족들에게 고개를 숙이고 입을 떼었다.

"피, 피그녹 님이 강제로 번호표를 타, 탈취당하셨다고……."

"뭐라?"

드디어 신성이 고리악의 귀족이 아님을 모두가 알아차렸다. 피그녹이 깨어난 모양이다.

"저, 정체가 뭐냐?!"

"중앙 지역에서 보냈나?"

"고리악 님께 어서 보고드려라!"

귀족들이 떠들어댔다.

"도, 도와주시오! 나, 나는……."

뿔 잘린 귀족이 귀족들을 향해 손을 뻗으며 말했다. 그러나 귀족들은 그를 바라보며 경멸이 담긴 시선을 보냈다. 뿔이 잘렸으니 귀족 지위에서 노예로 추락할 것이 뻔했기 때문이다. 조금 전까지 웃으며 담소를 나눴는데 지금은 그런 기색을 찾아 볼 수 없었다.

귀족들은 감히 신성에게 덤벼들지 못했다. 불에 타 죽고 뿔이 잘리는 것을 보았기 때문이다. 귀족들이 가장 강한 힘을 지니고 있었지만 뒤로 주춤거리며 빠지고 있었다.

"다, 당장 쳐라!"

가장 계급이 높은 귀족이 소리쳤다. 신성이 입가에 웃음을 머금었다. 그 미소가 모두의 두려움을 자아냈다. 신성의 용모는 무척이나 아름다웠지만 그의 모습은 마족들의 눈에 너무나 어둡게 보였다.

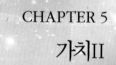

CHAPTER 5
가치II

신성은 품 안에 있는 영혼력을 끌어올렸다. 악업에 물든 영혼들이 많아 높은 효율을 기대하기는 어려웠다. 그래도 이 도시 하나를 지워 버릴 정도는 되었다.

신성의 주변으로 검은 기운이 휘몰아쳤다. 주변에 있던 기사들이 검은 기운에 휩싸이는 자신의 몸을 바라보았다. 검은 기운은 마치 절망을 속삭이는 것 같았다.

주변으로 자욱하게 뻗어가던 검은 기운이 바닥으로 빨려 나가더니 순식간에 사라졌다.

잠시 정적이 내려앉았다.

[나와라.]

가득하던 영혼력이 모두 사라졌다. 바닥에서 검은 기운이 일렁거렸다. 모두가 밑을 바라보는 순간이다.

"끄악!"

"커억!"

바닥을 뚫고 올라온 해골들이 모두를 끌어당겼다. 바닥으로 빨려들어 가더니 무언가 부서지는 소리가 들려왔다. 잠시 후 바닥 위로 기어 올라온 것은 검은 해골이었다. 악업으로 물든 해골들이 비명을 지르며 병사들을 덮쳤다.

마족들은 반항했지만 해골의 숫자가 워낙 많았다. 해골들은 귀족들의 몸을 잡은 다음 뿔을 잘라냈다. 신성의 의도대로 귀족들을 죽이지는 않았다.

신성은 부들부들 떨고 있는 사회자에게 다가갔다. 사회자는 신성이 다가오자 얼굴이 새파랗게 질리며 바닥에 주저앉았다.

신성이 손을 뻗자 사회자는 부들부들 떨면서 손에 들린 식량 자루를 내밀었다. 신성은 식량 자루를 들고 눈을 동그랗게 뜨고 있는 어린 노예를 바라보았다.

"네 것이니 돌려주마."

어린 노예는 식량 자루를 두 손으로 받았다. 레아가 생각나 머리를 쓰다듬어 주자 어린 노예는 멍하니 신성을 바라보았다.

"여기에 있거라."

그렇게 말한 신성은 고개를 돌려 아래를 바라보았다. 그러자 해골들의 시선이 일제히 돌아갔다. 드래곤의 눈으로 밑을 바라보니 노예가 있는 곳이 보였다.

신성이 손짓하자 해골들이 뿔이 잘린 귀족들을 끌고 노예가 있는 철장으로 다가갔다. 뿔이 잘린 귀족들은 그 어떤 반항도 할 수 없었다.

해골들은 친절하게 귀족들을 철장에 넣어주었다.

"신도들을 구출해."

신성의 명령이 떨어지자 해골들이 밖으로 쏟아져 나갔다.

＊ ＊ ＊

공포의 마왕 고리악은 자신의 마왕성 안에서 심각한 표정을 짓고 있었다. 골든 하렘에서 승전보가 들려와야 할 시간이 지나도 한참이나 지났기 때문이다. 주 병력을 가지고 골든 하렘 따위에게 고전할 리는 없었다. 조록이 보고를 잊을 리도 없었다.

고리악은 무언가 이상함을 느꼈다. 왜 이렇게 자신이 불안한 건지 이해가 되지 않았다. 그 불안감은 골든 하렘에서 이변이 생기고 나서부터 생긴 것이었다.

"음……."

고리악은 깊은 숨을 내쉬며 손에 든 잔을 책상 위에 내려놓았다. 그의 고급스러운 방에는 서부 지역을 정벌하며 모은 온갖 전리품이 가득했다. 그것은 승리의 상징이고 그의 자부심이었다.

고리악은 전리품을 바라보다가 주변이 너무 조용한 것을 눈치챘다. 마치 세상이 멈춰 버린 것같이 조용했다.

"아무도 없느냐?"

부하들이 당장 들어와야 하지만 아무도 그의 말에 반응하지 않았다. 고리악은 인상을 구기며 문을 열고 복도로 나가보았다. 주변을 지키고 있어야 할 기사들도 보이지 않았다.

'이놈들이 어디를 간 거지?'

모두가 사라져 버렸다. 고리악은 의아함에 복도를 걸었다. 인기척이 전혀 느껴지지 않았다. 노을빛이 창문을 통해 복도에 스며들었다. 무언가 그림자가 노을을 가리며 복도를 어둡게 만들었다.

고리악은 고개를 돌려 창문을 바라보았다.

"무, 무슨……!"

경악할 수밖에 없었다. 어디서 나타났는지 수많은 해골이 성의 정원을 가득 채우며 꿈틀거리고 있었다. 기사 하나가 도망치다가 해골들에게 둘러싸여 사라지는 것이 보였다.

복도의 끝에서 그림자가 보였다. 그림자는 기이하게도 붉은 빛깔을 머금고 있었다. 마치 노을을 흡수한 것 같았다.

그 그림자가 자신을 향해 걸어오기 시작했다.

"누, 누구냐?!"

고리악이 외쳤다. 마력을 방출하여 쏘아 보냈지만 복도만 파괴되었다.

"네놈이 고리악이군."

스산하게 느껴지는 목소리였다. 고리악은 소름이 끼쳤다. 공포의 마왕인 자신이 공포를 느끼고 있었다. 중앙 마왕을 눈앞에 둔다고 해도 맞붙을 자신이 있는 고리악이다. 그러나 저 목소리를 들으니 그런 자신감이 단번에 사라져 버렸다.

그 목소리의 주인을 중심으로 수많은 해골이 뿜어져 나왔다. 바닥과 벽, 그리고 천장을 가득 메우며 다가오고 있었다. 붉은 안광을 토해낸 해골이 고리악을 보며 처절한 비명을 질렀다.

고리악은 자신의 권능을 일으켰다. 정신적인 공포를 불어넣는 권능은 같은 마왕이라 할지라도 피할 수 없었다. 효과가 있는지 다가오던 해골이 멈칫거렸다.

"내가 바로 공포의 마왕 고리악이다. 네놈은 누구냐?"

그러나 다가오는 존재에게는 전혀 통하지 않았다. 그 존재가 고리악의 앞에 섰다. 고리악은 공포의 권능을 쏟아부었지만 전혀 먹히지 않았다. 마법을 퍼부어보았지만 복도만 날아갈 뿐 작은 피해도 줄 수 없었다.

"허억, 허억!"

고리악은 거친 숨을 내쉬었다. 그의 얼굴에 땀이 가득했다.

"꽤 좋은 것들을 가지고 있군."

"무, 무슨……?"

고리악은 그 말을 이해하지 못했다. 뒤를 돌아보자 해골들이 자신의 보물을 가지고 나오는 것이 보였다. 창고마저 털어버렸는지 해골들은 보석을 두 손에 가득 들고 있었다. 심지어 자신의 옷마저 가져가고 있었다.

고리악은 말 그대로 탈탈 털리고 있었다.

"그래도 아직 부족한데."

그 말이 들려온 순간 고리악의 몸이 굳어버렸다.

*　　　*　　　*

신성은 고리악을 보며 크게 실망했다. 레벨은 꽤 높았지만 그래봤자 마왕 수준이었다. 자신의 분노를 산 놈답게 조금은 반격을 해주길 바랐지만 결국 여기까지인 모양이다.

고리악이 발악했다. 두 손에서 뿜어져 나오는 마력이 폭풍을 만들며 주변 모든 것을 박살 냈지만 신성의 마력 스킨은 뚫지 못했다. 뚫기는커녕 작은 홈집조차 만들 수 없었다. 분명히 이 정도도 대단한 것이었다. 지금 당장 고리악이 어비스에 가서 난리를 친다면 막아내기는 하겠지만 큰 피해가 생길 것이다. 하지만 신으로 자처하기에는 너무나 부족했다. 설령 중앙 마왕의 뿔을 모아 강해진다고 해도 신성이 크게 신경 쓸 만한 상대는 되지 못할 것이다.

'용신에 비할 수는 없겠지.'

마계는 용신의 입맛대로 흘러가고 있었다. 고리악이 어비스에 진출한 것도 용신이 의도했거나 아니면 방조한 것에 지나지 않을 것이다. 신성은 용신이 무슨 일을 꾸미고 있을지 궁금했다. 아마도 용신과 자신의 만남은 최고의 무대가 준비된 후가 될 것 같았다.

불안한 마음은 기이하게도 들지 않았다. 이상하게도 용신과 부딪칠 날이 기대되었다. 생각해 보면 아르케디아 온라인에서 유일하게 자신의 한계를 시험하게 한 존재가 바로 용신이었다. 그가 겪은 모든 퀘스트가 용신을 타도하기 위함이라고 해도 무방했다.

지식, 경험, 아이템 모두 말이다.

신성은 마력의 돌풍 속에서 고리악을 향해 천천히 걸어갔다.

"주, 죽어!"

고리악이 겁을 먹었는지 덜덜 떨리는 손을 앞으로 뻗었다. 커다란 마법진이 공중에 새겨지며 검은 촉수가 뿜어져 나왔다. 최고위 마법으로 상대방의 정신과 육체를 모두 장악하는 마법이다. 마왕 중에서도 중앙 마왕을 제외하고 다룰 수 있는 자가 없을 정도로 강력한 마법이었다.

그러나 신성은 마법 그 자체였다. 드래곤의 눈으로 바라보니 마법진이 순식간에 분석되었다. 꽤 복잡했지만 그래봤자 마법이었다.

"마, 말도 안 돼! 이, 이럴 수가!"

신성이 마력을 뿜어내자 고리악이 펼친 마법이 순식간에 흩어져 버렸다.

[마왕 전용 마법을 분석하였습니다.]

*[A]마물의 촉수(마왕 전용)

[드래곤 로드의 권능과 지배의 힘이 발동하여 마물의 촉수가 암흑 촉수로 진화합니다.]

[악신 전용 마법이 생성되었습니다. 이단 심문관, 악신의 제사장이 암흑 촉수의 하위 호환 마법을 사용할 수 있습니다.]

[S]암흑 촉수(악신 전용)

상대방의 육체와 정신을 모두 처참하게 굴복시키는 마법.

마물의 촉수는 악신의 권능 아래 끔찍한 소환수로서 재탄생 되었다. 그리고 드래곤 로드의 권능과 지배의 힘으로 그 능력이 극대화되었다. 수많은 촉수에는 드래곤의 권능이 스며들어 있어 드래곤 이하의 존재라면 그 어떤 반항도 할 수 없다.

육체와 정신이 굴복되기 이전에 정신적인 피해가 더 대단할 것으로 기대된다.

오랜만에 마법을 흡수하자 악신 전용 마법이 탄생하였다. 그동안 용언으로 모든 것을 처리했지만 이런 것도 나쁘지 않을 것 같았다. 신도들에게 마법을 추가시켜 주는 것이니 말이다.

"허억! 어, 어째서 통하지 않는 것이냐?! 어째서?!"

고리악은 힘이 다했는지 거친 숨을 내쉬며 비틀거렸다. 그의 눈은 크게 떠져 있었는데 도저히 믿을 수 없다는 표정 이다.

신성은 고리악의 앞에 섰다. 고리악은 주춤거리며 물러나 려 했지만 그의 뒤에는 붉은 안광을 내뿜는 해골들이 가득 했다.

'시험해 봐야겠군.'

악신의 권능을 일으키자 암흑 마력이 뿜어져 나오며 마법진을 형성했다. 생각보다 마력이 꽤 많이 빨려 나갔지만 신성은 별다른 생각이 없었다.

[암흑 촉수.]

용언으로 시동어를 나지막하게 말했다. 그 순간 마법진이 엄청나게 확대되기 시작했다. 마법진은 순식간에 커져 바닥과 천장, 그리고 벽을 박살 내버렸다.

"뭐, 뭐야?"

고리악은 거대한 마법진을 보며 바닥에 주저앉았다. 도저히 머리로는 이해할 수 없는 두려운 광경이었다.

마법진이 고리악의 성을 삼킬 것처럼 커져 버렸다.

"음, 조금 과한데."

신성은 생각보다 엄청나게 규모가 큰 마법을 보며 말했다. S랭크이기는 하지만 설마 이 정도인 줄은 몰랐다. 커져 버린 마법진 덕분에 고리악의 성이 두 동강 나버렸다. 단순히 마법진이 생성된 것만으로 성이 그렇게 되어버린 것이다.

두드드드!

드디어 마법진이 발동되기 시작했다. 검은 기류가 회오리치더니 마법진이 주변의 모든 마력을 빨아들였다.

"키킥?"

"킥?!"

신성의 인벤토리에 고리악의 보물을 넣고 있던 해골들이

고개를 갸웃했다. 그 순간 해골들이 마법진으로 모조리 빨려들어 갔다.

신성은 감탄하며 그 광경을 바라보았다.

드드드드!

마법진에서 퍼져 나간 진동이 성을 뒤흔들었다. 마법진에서 서서히 검은색 촉수가 뿜어져 나오기 시작했다. 촉수는 무척이나 크고 많았다.

지옥의 풍경이 저러할까?

성을 휘감고도 모자라 더욱 퍼져 나가는 모습이 너무나 끔찍해 보였다.

"아, 안 돼! 끄, 끄아아악!"

촉수가 고리악을 덮쳤다. 촉수에 파묻힌 고리악은 반항하려 했지만 비명만 더해갈 뿐이었다. 고리악의 처절한 비명에는 진심 어린 고통만이 가득했다. 촉수에 파묻혀 무슨 짓을 당하는지는 전혀 궁금하지 않았다. 신성은 갑자기 떠오르는 이미지에 인상을 찡그리고는 공간 이동으로 성을 빠져나왔다.

"끔찍하군."

촉수는 거대한 성만큼이나 컸다. 마치 말미잘 같은 외형이었는데 하나의 몬스터가 되어 주변의 모든 것을 닥치는 대로 먹어치웠다. 숨어 있던 귀족들까지 모조리 찾아내 먹어버렸다. 악신의 신도들은 건드리지 않았는데 친절하게 촉수로 들어 안전한 곳으로 옮겨주기까지 했다.

과연 S랭크 마법다운 모습이었다. 해골들이 지닌 영혼력을 흡수해서 그럭저럭 자아까지 생긴 모양이다.

촉수가 난리를 치며 성을 무너뜨렸다. 그리고 천천히 이동하기 시작하더니 보이는 건물을 닥치는 대로 부수었다.

숨어 있던 마족들은 덜덜 떨다가 촉수 속에 파묻혀 비명을 질러야 했다.

신성과 제법 멀리 떨어진 곳에 노예들이 모여 있는 것이 보였다. 모두 악신을 믿고 있는 노예들이었는데 숫자가 상당히 많았다.

노예들이 멍하니 촉수를 바라보았다.

"재앙이 나타났다!"

"악신께서 권속을 내려 보내주셨어!"

노예들이 무릎을 꿇고 악신에게 기도했다. 직접 눈으로 기적을 보니 신앙심이 치솟았다.

[신도들이 악신의 기적을 보며 기도합니다.]
[많은 경험치를 얻어 신성 랭크가 상승하였습니다.]
[주신으로 승급할 수 있습니다.]

*주신으로 승급할 시 악신의 힘과 드래곤의 힘이 융합됩니

다. 육체가 크게 변화합니다(주의! 안정화 필요).

드디어 신성 랭크가 상승하여 주신으로 승급할 수 있게
되었다. 지금 당장 승급하는 것은 힘들었다. 힘이 융합되니
준비 과정이 필요했다.

신성은 그동안 급격한 신체 변화를 겪으면서 깊이 동면을
취하거나 안정화 작업을 한 적이 없었다. 이번에는 드래곤
으로서 다음 계급으로 승급하는 것이 아닌 신과 드래곤이
융합되는 것이었다. 자칫 잘못하면 폭주할 우려가 있으니
넓은 지형과 시간이 필요했다.

'일단 계획을 어느 정도 진행해 놓고 해야겠어.'

동부 지역과 북부 지역의 일을 어느 정도 진행해 놓고 승
급할 생각이다. 주신으로 승급한다면 그 파장이 꽤 심할 테
니 용신에게도 그 여파가 미칠 것 같았다.

콰아아앙!

촉수가 더욱 날뛰기 시작했다. 화려함을 자랑하던 코로난
은 이제 더 이상 존재하지 않았다. 모두 처참하게 부서져 버
려 폐허가 되어버렸다.

노예들은 기도를 하면서 환호를 내지르고 있었다.

아주 시원하게 잘 부서지고 있었다. 그동안 그들을 고문
하고 괴롭혔던 피의 도시가 무너져 내리고 있으니 저들이

기뻐하는 것은 당연했다.

신성 역시 상쾌함을 느꼈다.

도시를 세우는 것만 하다가 이렇게 박살 내는 역할을 하니 제법 색달랐다.

'이제 그만해도 되겠지?'

고리악의 세력은 이미 끝장이 났다.

신성은 느긋하게 지켜보다가 도시가 회생 불가 수준에 이르자 손을 들었다. 그러자 촉수의 모든 파괴 행위가 멈추었다.

거대한 촉수가 꿈틀거리기 시작하더니 신성의 앞으로 촉수 다발을 뻗었다.

스윽!

고리악과 그의 측근들이 쏟아져 나왔다.

고리악은 잔뜩 일그러진 얼굴로 거품을 물고 있고 나머지는 완전히 맛이 간 상태였다. 무슨 일이 있었는지는 전혀 궁금하지 않았다.

아마도 지옥을 경험했을 것이다.

'…나는 정말 악신이었군.'

신성은 그렇게 생각하며 고개를 끄덕였다.

얌전해진 촉수를 바라보다가 마법을 해제했다. 촉수가 점점 흩어지더니 완전히 사라졌다. 암흑 촉수는 어떤 의미에서도 정말 재앙 같은 존재였다.

신성은 귀족들의 뿔을 모조리 잘랐다. 귀족들은 막대한 고통에 몸을 부르르 떨다가 그대로 혼절했다.

"으, 으아! 우웩!"

고리악이 눈을 뜨더니 토악질을 해댔다. 이어 신성과 눈이 마주치더니 몸을 덜덜 떨었다. 자신을 신이라 부르던 그 패기는 전혀 찾아볼 수 없었다.

신성은 손을 뻗어 고리악의 뿔을 잡았다. 고리악의 얼굴에 절망이 드리워졌다.

"아, 안 돼. 제, 제발… 뭐, 뭐든 하겠습니다. 제발……!"

고리악이 눈물과 콧물을 쏟아내며 빌었다. 처량하기 그지없는 모습이다.

신성은 그 모습에 진한 미소를 그렸다. 고리악의 지옥은 이제부터 시작이었다.

"크아악!"

신성은 단번에 고리악의 뿔을 잘라 버렸다. 뿔이 잘리자 고리악은 급격히 허약해지기 시작했다. 이제는 누가 봐도 하층민처럼 보였다. 너무나 허약해져 노예로도 쓸모가 없을 것이다.

신성은 고리악의 뿔을 드래곤의 눈으로 바라보았다.

[A]마왕 고리악의 뿔

마왕 고리악의 모든 힘이 담겨 있는 뿔.

공포의 권능이 담겨 있다. 상대방에게 정신적인 공포를 부여할 수 있다. 상대가 가장 두려워하는 것들이 환각을 통해 구현되어 정신을 굴복시키거나 파괴한다.

제법 쓸 만한 권능이었다. 악신인 자신에게 어울릴 것 같았다. 본래는 릴리스에게 주려고 했지만 마음이 바뀌었다. 저주, 그리고 계시와 섞어 쓴다면 대단한 효과를 발휘할 것 같았다. 신성은 마족의 모습이었기 때문에 마왕의 뿔을 흡수하는 것도 가능했다.

고리악의 뿔을 흡수하자 꽤 볼만하던 뿔이 먼지가 되어 사라졌다. 고리악은 바닥에 떨어진 뿔 가루를 보며 주워 담으려 했다. 그런다고 해서 뿔이 돌아오는 것은 아니었다.

[고리악의 뿔을 흡수하였습니다.]
[악신의 능력에 포함됩니다.]

*주신이 된다면 공포를 주관할 수 있습니다.

[S]공포의 악신
모든 공포를 다스릴 수 있는 권능.

주신에 올라 권능을 사용한다면 공포를 지배하며 공포 그 자체가 될 수 있다. 어두운 감정을 암흑 마력화시킬 수 있으며 그것에서부터 경험치를 습득할 수 있다.

*칭호가 추가되었습니다.

[S]공포의 신

고리악을 잡으러 온 보람이 있었다. 신성은 상쾌한 미소를 지으며 고리악과 고리악의 측근들을 바라보았다. 드래곤 로드의 권능을 일으키며 손을 휘젓자 순식간에 신성을 포함한 고리악과 그의 측근들이 노예들 앞으로 이동되었다. 이제는 고리악에게서 해방되었으니 노예라는 말보다는 신도라는 말이 어울릴 것이다.

갑자기 신성이 나타나자 신도들이 깜짝 놀랐다. 신성은 차분한 표정으로 입을 떼었다.

"악신께서 절 보내어 여러분을 구출하라고 하셨습니다."

"거, 검은 예언자님이십니까?"

"정말 그분이야!"

신성이 고개를 끄덕이자 신도들이 감격의 눈물을 흘렸다. 마족들은 감수성이 풍부했다. 이런 척박한 환경에서 생활한다면 마음이 말라 버릴 것 같은데 전혀 그렇지 않았다. 마족의 특성인 것 같았다.

신성이 손을 들자 주위가 조용해졌다.

"악적 고리악과 그의 측근들이 여기에 있습니다."

신성은 바닥에 쓰러져 있는 마족들을 손으로 가리켰다. 측근들도 기절에서 깨어났는데 고리악과 마찬가지로 덜덜 떨며 신도들을 바라보았다. 신도들의 얼굴은 분노로 일그러져 있었다. 신도들이 고리악과 그의 측근들에게 몰려왔다.

"악신께서 저들을 징벌해도 된다고 허락하셨습니다."

신성은 뒤로 물러났다. 신도들이 우르르 몰려와 고리악을 끌고 갔다.

"사, 살려… 어억!"

고리악은 처참하게 구타당했다. 뼈가 부러지고 얼굴이 엉망이 되었지만 신도들은 멈추지 않았다. 고리악이 차라리 이대로 죽는 것이 낫다고 생각할 때였다.

"힐."

신성은 고리악을 죽일 생각이 없었다. 릴리스에게 고이 데려다 줄 것이다.

"어, 어억! 끄아악!"

"아악!"

고리악의 측근들도 얻어터지기 시작했다. 신성은 신도들의 분이 풀릴 때까지 힐을 써주었다. 신도들은 지치지도 않는지 온갖 욕설과 저주를 퍼부으며 고리악과 그의 측근들을 구타했다.

신성은 슬쩍 인벤토리를 열어보았다. 드래곤 레어 창고에 고리악이 모은 모든 보물이 들어 있었다. 서부 지역과 남부 지역의 보물을 모두 모은 만큼 제법 괜찮은 것들이 가득했다.

"좋네."

보물은 아무리 많아도 부족했다.

'아무튼 이제 서부 지역도 끝이군.'

그렇게 고리악의 세력이 종말을 맞이했다.

이것이야말로 진정한 복수일 것이다.

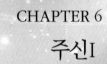

CHAPTER 6

주신I

고리악이 악신에게 반항하다가 처참하게 멸망했다는 소식이 전 마계를 뒤집어놓았다.

고리악이 누군가?

서부 지역을 정벌하고 남부 지역의 통일을 목전에 두고 있던 공포의 마왕이다. 어비스 원정은 비록 실패했지만 중앙 마왕의 자리에 도전하려 한 자였다. 그의 권능과 세력이라면 능히 중앙 마왕이 될 수 있을 거란 관측이 지배적이었다. 그 때문에 다른 지역에서는 은밀히 고리악을 지원하기까지 했다.

그런데 얼마 전까지만 해도 최고의 전성기를 자랑하던 고리악이 멸망했다. 바로 악신에 의해서이다. 전투조차 제대로 하지 못하고 모조리 몰살당했다.

마왕들은 악신을 두려워할 수밖에 없었다.

다른 지역의 마왕들은 은밀하게 골든 하렘에 사람을 보냈는데, 그 보고를 듣고 크게 놀랄 수밖에 없었다. 마계를 주무르던 고리악과 그의 측근들이 뿔이 잘린 채로 온갖 노동을 하고 있는 것이었다. 그들이 무시하던 하층민들에게 조롱과 멸시를 당하면서 말이다.

그들의 이마에는 죄인이라는 낙인이 찍혀 있었다.

그 소식을 들은 다른 지역 마왕들은 발을 동동 구를 수밖에 없었다. 악신의 신도들을 박해하던 마왕은 잠을 못 이룰 정도로 큰 근심에 휩싸였다.

현재 동부 지역부터 시작한 추위가 북부 지역에까지 여파를 미치고 있었다. 상황이 이렇다 보니 북부 지역에서는 아예 악신을 종교로 삼겠다고 선포한 마왕도 나타났다. 악신의 기본 사상은 '모든 존재는 내 앞에서 평등하다'였으니 기존 기득권을 쥐고 있는 귀족들은 반발할 수밖에 없었다.

그러한 와중에 악신이 자신을 믿지 않는 자에게 재앙을 내릴 것이라는 소문이 퍼져 나가고 있었다.

마계의 유례없는 혼란이 시작되고 있었다.

서부 지역은 다른 지역에 비한다면 대단히 평화로웠다. 보통 정벌 후에는 잔당 처리에 열을 올려야 했지만 고리악이 워낙 깔끔하게 정리를 해놔 딱히 그럴 필요가 없었다. 고리악이 서부 지역을 정벌하며 마왕급 귀족들의 목을 전부 쳐버렸기 때문이다. 마왕이 아니면 독자적인 세력을 일으키는 것이 불가능했기에 고위 마족들은 눈치를 보며 다른 지역으로 가거나 줄줄이 골든 하렘으로 올 수밖에 없었다. 어떻게든 버티려고 하는 놈들은 신성이 모두 제거해 버렸다.

신성은 찾아오는 마족들을 내치지 않았다. 악업에 따라 형벌을 주고 모든 재산을 빼앗았다. 그 재산은 모두 신도들에게 나눠 주었다. 귀족들은 눈물을 머금고 악신에게 모든 재산을 바칠 수밖에 없었다. 반항을 생각하는 놈들도 있었지만, 신성이 지닌 공포의 권능 앞에서는 오줌을 질질 싸며 바닥을 기었다.

서부 지역은 순차적으로 골든 하렘에 복속되었다. 워낙 땅이 후져서 그곳에 무언가를 짓고 싶은 생각은 없었다. 대신 신도들이 자신에게 그 땅을 살 수 있게 해주었다. 노동의 대가로 어둠의 마력 코인이 아닌 마력 코인을 제공했는데 그것으로 땅을 살 수 있게 했다. 그러니 신도들은 모두 열심히 일했다. 악신의 군대를 지원하는 자들에게는 더 많은 마력 코인을 주니 신도들 대부분이 악신의 군대로 들어

왔다.

신앙심이 극에 달해 있는데 식량이며 돈까지 챙겨주니 이 제는 악신을 위해 자발적으로 움직이며 더욱 공격적인 포교 활동까지 하고 있었다.

신성은 검은 예언자로서 악신교의 교황을 맡고 있었다. 본인이 악신이기는 하지만 악신이 자주 모습을 드러내면 오 히려 역효과가 날 수 있었다. 악신은 신비스러워야 하고 결 정적인 순간에만 모습을 드러내야 했다.

신성은 악신교 신전의 왕좌에 근엄한 표정으로 앉아 있었 다. 골든 하렘의 성은 악신교의 신전으로 개조되었다. 이비 와 메이드들은 메이드 옷에서 신관 복장으로 갈아입고 있었 는데 그 모습이 꽤 성스러웠다. 큐리아와 기사들은 드래곤 레어에서 꺼낸 기사 갑옷을 입고 있었다.

신성은 자신의 앞에 무릎을 꿇고 있는 마족을 바라보았 다. 예복을 입고 있었는데 제법 화려했다. 신성의 옆에 서 있던 큐리아가 살기를 내보이자 그는 덜덜 떨며 고개를 조 아렸다.

신성은 그를 보며 살짝 웃었다. 동부 지역의 상황이 심상 치 않자 마왕을 등지고 빠져나온 귀족이었다. 마계에서는 강한 자에게 붙는 것이 당연하다고 할 수 있었다. 그러나 그는 골든 하렘에 대해 제대로 파악하지 못하고 있었다.

마계의 상식이 전혀 통하지 않는 곳이 바로 이 골든 하렘이었다.

"고, 고론토라 하옵니다. 미천하게나마 남작 지위를 맡고 있었습니다."

"그래, 그 쓸모없는 몸뚱이를 가지고 먼 길 오느라 고생했다."

"화, 황공하옵니다."

신성은 고론토를 바라보았다. 마계에 널려 있는 전형적인 귀족이었다.

Lv291
이름 : 고론토
성별 : 남자
종족 : 마족
동부 지역에서 꽤 잘나가던 남작. 최근 동부에 불어 닥친 혼란으로 살길을 찾기 위해 골든 하렘으로 왔다. 욕심이 많고 이기적인 성격이기 때문에 그에 맞는 교화가 필요하다.

[상세 정보]
잠재 능력 : 회계, 봉사
악업 수치 : 실버, 악

재산 규모 : 5,002C(어둠의 마력 코인)

가족 관계 : 정실 1명, 첩 5명, 아들 3명, 딸 4명

보유한 인적 자산 : 호위병사 70명, 하녀 21명

다양한 정보가 떠올랐다. 아직 주신의 자리에 오른 것은 아니었지만 더 많은 정보를 볼 수 있었다. 주신 자리에 오른다면 상대에 대해 완벽히 파악하는 것이 가능할 것 같았다.

고론토는 식은땀을 흘리고 있었다. 잠시 기다리자 큐리아의 기사들이 고론토가 가지고 온 상자를 신성의 앞으로 가지고 왔다. 상자를 열어보니 어둠의 마력 코인과 각종 보석이 담겨 있었다.

신성은 보는 것만으로도 그 가치를 알 수 있었다.

'4,000C로군.'

모두 합쳐 4,000C였다. 마계 기준이라면 대단히 많은 금액이다. 쓸 만한 노예 300여 명을 살 수 있을 정도이니 말이다. 그러나 신성의 입장에서는 그저 푼돈일 뿐이었다.

그래도 돈은 많으면 많을수록 좋았다.

고론토는 분명히 골든 하렘에 들어오려면 어떻게 해야 하는지 들었을 것이다. 자신의 모든 재산을 바쳐야 했다. 전 재산을 소모해 강자에게 붙을 수 있다면 손해는 아닐 것이다.

하지만 아쉽게도 그것이 끝이 아니었다. 악업을 씻기 위해 교화 시설에 들어가야 했다. 물론 제일 먼저 악신에게 충성을 맹세하겠다는 피의 서약을 해야 했지만 말이다.

신성의 날카로운 시선에 고론토가 몸을 움찔했다.

"모두 가져온 것 맞는가?

"마, 맞습니다. 저, 전 재산입니다."

"감히 악신께서 보고 계시는데 거짓말을 하다니……."

신성이 말을 하며 큐리아를 바라보자 큐리아가 살기를 일으키며 마력을 뿜었다. 기사들이 모두 검을 뽑았다. 고론토의 얼굴이 창백해졌다.

"히, 히익!"

고론토는 덜덜 떨었다. 고론토는 신성을 속일 수 없음을 깨달았다. 황금빛 눈동자가 마치 자신의 모든 것을 꿰뚫어 보는 것 같았다.

"마, 마차에 더, 더 이, 있습니다. 죄, 죄송합니다. 제가 먹고 사, 살 것은 챙겨놓아야 할 것 같아서… 하, 한 번만 용서를……."

"흐음, 거짓을 고한 죄는 무겁다. 그러나 악신께 충성을 맹세하고 그동안의 악업을 씻는다면 용서받을 수 있을 것이다."

"가, 감사합니다."

고론토는 조금 전의 거짓말을 만회하기 위해 황급히 피의 서약을 했다. 마왕에게도 잘 하지 않는 것이 바로 피의 서약이다. 보통 자신의 뿔을 걸고 하는 것이지만 신성은 그의 영혼을 걸게 했다.

[고론토 남작의 영혼과 모든 재산이 골든 하렘에 귀속되었습니다.]

조언
"악업 수치를 보니 촉수의 방이 제일 잘 어울린다. 촉수의 방으로 보내 괴롭혀 주도록 하자. 부작용으로 새로운 세계에 눈을 뜰 수 있으니 주의할 것."

암흑 촉수 마법을 이용해 만든 징벌방이었다. 교화 시설 내부에 있었는데 그 효과가 확실했다. 한번 들어가면 아무리 반항심이 가득한 자라도 그 영혼마저 완전히 굴복되어 나왔다. 큐리아가 궁금해서 들어갔다가 한동안 트라우마에 시달릴 정도였다. 신성은 한동안 큐리아를 달래주어야만 했다.
"그럼 어디에서 교화하는 것이 좋을 것 같은가?"
"교, 교화? 그, 그게 무엇인지……."

고론토가 당황하며 물었다. 신성이 그를 바라보자 그는 황급히 입을 닫았다.

신성이 큐리아를 바라보자 큐리아가 얼굴을 붉혔다. 도저히 그 냉막한 표정을 짓던 여인이라고 볼 수 없었다.

"트리시의 고문실이 좋을 것 같아요."

큐리아의 말에 분위기에 맞지 않게 왕좌에 쌓인 먼지를 닦고 있던 이비가 그녀를 바라보았다.

"촉수방이 낫지 않을까요? 뒤처리도 편리하니까요. 그곳 청소가 무척이나 힘들답니다."

촉수방이라는 말이 나오자 큐리아가 몸을 흠칫 떨었다. 고론토는 돌아가는 상황을 이해하지 못해 눈을 동그랗게 뜨고 눈치만 보고 있었다.

"그럼 다수결로 하지. 촉수방이 좋다고 생각하면 손들어"

신성이 이비와 메이드, 그리고 큐리아와 기사들을 보며 말했다. 이비와 메이드는 손을 들었는데 큐리아와 기사들은 큐리아를 따라 손을 들지 않았다.

"음, 동률인가? 그럼 본인 선택에 맡겨야겠군. 고론토, 어디가 좋지? 촉수방과 고문실. 선택해라."

"그, 그게……."

고론토는 당황하며 눈동자를 굴렸다. 주변 모두가 그를 바라보고 있었다.

고론토는 눈물이 나올 지경이었다. 전 재산만 바치면 한 자리 차지해 안정적으로 지낼 수 있을 것으로 생각했건만 현실은 너무나 달랐다.

눈물을 머금고 선택해야만 했다.

'고, 고문실… 고문을 당한다는 말인가? 촉수방이 뭔지는 모르지만… 고문보다는 낫겠지.'

고론토가 침을 꿀꺽 삼키며 촉수방이라고 말하자 이비가 환하게 웃으며 고론토를 바라보았다.

"고마워요."

"아, 아닙니다. 하, 하하."

이비의 말에 고론토가 수줍어하며 대답했다.

"그럼 결론이 났군. 촉수방으로 데려가라."

기사들이 고론토 남작과 그의 가족을 모두 교화 시설에 있는 촉수방으로 보내 버렸다. 과정이 무척이나 괴롭겠지만 악업을 씻는다면 나름 괜찮은 생활을 할 수 있을 터이니 그리 손해만은 아닐 것이다.

'효과는 끝내주니 없앨 수도 없고……'

촉수란 것이 마음에 들지는 않았지만 신성과 의외로 상성이 잘 맞았다. 신성은 절대로 이 마법을 레아에게 알려주지 않겠다고 맹세했다. 레아는 사고뭉치라 어쩌면 엘프들이 살고 있는 곳에 촉수를 풀어놓을지도 몰랐다.

'레아가 주변에 없는 게 다행이라고 느껴진 적은 처음이군.'

신성은 피식 웃으며 자리에서 일어났다.

마왕들이 보낸 사신이 발을 동동 구르며 기다리고 있었지만 모조리 무시했다. 추위와 식량난, 그리고 계급 계층이 흔들리는 혼란까지 겹치니 마왕들의 고민은 심각했다. 그렇다고 악신을 믿고 있는 이들을 억압하기에는 악신이 너무 두려웠다. 당장 고리악 사태만 보더라도 그 결과를 짐작할 수 있었다.

신성은 그들의 혼란을 지켜볼 뿐이었다.

주신의 자격을 얻은 이상 마계 정벌에 크게 신경 쓸 필요는 없었다. 천천히 교역하여 침식해 들어가도 상관없었다.

'중앙 마왕들은 별문제가 되지 않을 거야. 문제는 용신이군.'

신성은 중앙 지역이 용신과 밀접하게 관계가 있다고 보았다. 대대적으로 쳐져 있는 결계에서 용신의 마력이 느껴졌기 때문이다.

역시 변수는 용신이었다. 신도들의 믿음이 신성을 강하게 만들어주고 있지만 용신을 감당할 수 있을지는 의문이다.

용신과의 싸움은 두렵지 않았다. 다만 자신이 졌을 때 발생할 파장이 걱정되었다. 용신은 이 세상을 파멸시키려고 하니 루나와 레아, 그리고 가족들도 무사하지 못할 것이다.

신성은 본능적으로 용신과 만날 시기가 다가오고 있음을 느꼈다. 마계로 초대한 것은 용신이었고, 어쩌면 지금 깨어 있어 자신을 바라보고 있을지도 몰랐다.

'주신이라……. 게임에서는 생각조차 못 한 것인데 잘도 여기까지 왔군.'

무엇이 게임이고 현실일까?

칼인트의 말이 떠올랐다. 하지만 그의 말대로 그 생각은 의미가 없다고 생각했다.

신성은 큐리아에게 골든 하렘을 부탁한 후 이제는 신전이 된 성 밖으로 나왔다. 주신으로 승급하기 위해서였다. 루나의 경우에는 바로 승급할 수 있었지만 신성은 드래곤의 권능과 악신의 권능이 융합되어야 했기에 넓은 장소와 시간이 필요했다.

'드래곤과 신의 결합이라…….'

용신과 같은 위치에 올라갈지도 몰랐다. 어쩌면 질적으로는 용신보다 더 위대해질 수 있었다. 용신은 수많은 드래곤의 권능을 흡수하여 그러한 자리에 올랐지만 신성의 승급은 달랐다. 드래곤의 권능과 악신의 권능이 합쳐지기 때문이다.

'정면 승부가 되겠군.'

이제는 게임에서 겪은 것들에 대한 정보가 도움이 되지 않았다. 신성의 존재는 이미 아르케디아 온라인의 설정을 벗어나 있었다.

처음부터 신성은 예외였다. 그리고 용신도 그러했다.

신성은 공간 이동을 사용해 남부 지역으로 이동했다. 남부 지역은 다른 세계였다. 얼음으로 지어진 성은 더욱 거대해져 있고 정령들이 얼음으로 된 나무와 집을 만들며 살아가고 있었다.

신성이 나타나자 삼두견이 달려와 배를 까뒤집었다. 가끔씩 동부 지역으로 달려가 난동을 부리곤 해서 얼음의 악마라 불리고 있었다. 그런 흉악한 삼두견은 신성의 애완동물이나 다름없었다.

'레아에게 선물로 줄까.'

신성은 그런 생각을 진지하게 해보았다. 기뻐하기는 하겠지만 여러모로 소동이 일어날 것 같았다. 신성은 넓은 곳으로 이동했다. 오로지 얼어붙은 대지만이 보이는 곳이었는데 그 누구도 살 수 없는 죽음의 땅이었다.

신성은 오랜만에 본체로 돌아왔다. 드래곤 로드가 되어 덩치가 엄청나게 커졌는데 삼두견이 아주 조그마한 강아지로 보일 정도였다. 본체로 돌아가자 마구 휘날리던 눈이 멈추었다. 바람마저 불지 않아 주변에 정적만이 깔렸다.

숨을 가볍게 내쉬었다. 마력이 뿜어져 나오며 주변에 일렁
였다.

[주신으로 승급하시겠습니까?]

신성이 승낙하자 정보창이 사라졌다. 그 순간 신성을 중
심으로 거대한 마력이 뿜어져 나갔다. 바닥에 균열이 생기
며 지반이 뒤틀렸다. 하늘에 떠 있던 눈구름이 순식간에 지
워지며 탁한 마계의 하늘이 모습을 드러냈다.

신성은 자신의 몸을 바라보았다. 몸이 점차 흩어지고 있
었다. 황금빛 가루로 변하며 흩어지고 있는 것이다. 가슴에
서 뿜어져 나온 어두운 기운과 섞이며 기묘한 빛을 만들어
냈다.

드래곤의 비늘과 뼈가 부서져 내렸다. 신성은 자신의 가
슴에 있는 드래곤 하트가 공중에 떠오르는 것을 볼 수 있었
다. 막대한 마력을 머금고 있는 드래곤 하트가 검은 기운과
섞이며 녹아내리기 시작했다.

몸이 사라지자 신성은 자유를 느꼈다. 자신의 손을 바라
보았다. 드래곤의 거대한 손은 사라지고 없고 대신 어떤 정
보가 압축되어 있는 듯한 빛나는 손이 보였다. 신성은 그동
안 알고 있던 세상의 깊숙한 근원을 보고 있는 것 같았다.

육체를 벗어나면서 인식 범위가 늘어난 탓인지도 몰랐다. 승급하는 중인데도 존재의 격이 확실히 달라진 것을 느꼈다. 인간에서 드래고니안, 그리고 드래곤이 되었던 것과는 비교도 할 수 없을 정도였다.

'아름답군.'

광활한 세계가 보였다. 드래곤의 눈으로 보는 것과는 달리 대단히 찬란해 보였다. 그저 얼어붙은 대지임에도 신성은 하염없이 그 광경을 바라보았다.

조금만 더 가면 세상을 이루고 있는 근원을 알 수 있을 것만 같았다. 그러나 더 이상 다가갈 수 없었다.

그것이 대단히 아쉬웠다.

신성의 몸이 모두 사라졌다. 드래곤으로서 가지고 있던 거대한 몸은 모두 마력이 되어 소용돌이쳤다. 그 기세는 대단히 강렬해 주변이 말 그대로 초토화되고 있었다. 냉기는 더욱 지독해졌고 토네이도는 더욱 커져 버렸다. 태풍이 생기며 주변의 마력을 진공청소기처럼 빨아들였다.

드래곤의 권능이 품은 흉포함, 그리고 악신의 사악함 때문일까? 신성의 승급은 재앙 그 자체였다.

'어비스나 지구에서 했다면… 난리가 났겠군.'

어비스에서 승급했다면 아마 수많은 몬스터가 전멸하고 지형 자체가 완전히 바뀌었을 것이다. 지구에서 승급했다면 엄청나게 많은 인간이 마력 폭풍에 휩쓸려 죽었을 것이다. 마계, 그것도 주변에 아무것도 없는 이곳이 제일 적합했다.

'이제 정상적인 방법으로는 레벨을 올리기가 힘들겠지.'

신성은 정보창을 켜보았다. 정보창이 흐릿했다. 레벨이 천천히 올라가고 있고 스킬 포인트 역시 자동으로 차오르고 있었다. 드래곤과 악신의 융합이 막대한 경험치를 주고 있는 것이다. 어느 정도 수준이 되면 더 이상 오르지 않을 것 같았다.

신성이 아르케디아 온라인에서 레벨 999를 찍은 것은 광기와 노력, 그리고 행운 때문이었다.

과거 신성은 휴먼족의 단점을 레벨로 극복하기 위해 경험치 증가 버프로 도배된 방어구와 무기를 두르고 던전을 들락날락했다. 오로지 레벨 업만을 위한 생활을 한 것이다. 남들이 들었으면 미쳤다고 생각할 정도로 몰두했다. 며칠 동안 잠을 자지 않은 것은 예사였고 가끔은 링거를 맞기도 했다. 신성은 그때가 생각나자 고개를 설레설레 저었다. 지금 생각해도 완전 미친놈이었다.

그렇게 던전을 정복하고 보스 몬스터의 패턴을 모두 파악하고 대부분 정복해 나갈 때 그는 처음부터 다시 보스 몬스터를 잡아야 했다.

바로 검 때문이었다.

그 검은 모든 버프를 극대화해 주는 능력을 갖추고 있었다. 신성에게 가장 필요한 검이었다.

'용신의 심장에 꽂아 넣었지.'

특이하게도 대장 기술이 아니라 조합을 통해 만들어야 했는데 그 실패율이 무척이나 높았다. 아르케디아 온라인에 있는 보스들이 드롭하는 재료로 만들어야 했다. 그것도 잡으면 나오는 것이 아니라 부위 파괴를 통해 뽑아내야 했다.

부위 파괴를 한다고 해도 전부 나오는 것이 아니었다. 대단히 극악한 확률로 특정한 재료를 주었다. 신성은 그 재료를 모으기 위해 다시 처음부터 보스 몬스터 사냥을 시작한 것이다.

그렇게 보스 몬스터들을 잡고 재료를 모은다고 해도 마지막 관문이 남아 있었다. 조합이 성공할 확률은 굉장히 낮았는데, 소수점 몇 자리는 될 것이라는 평가가 지배적이었다.

에르소나도 도전했지만 성공하지 못했다. 엄청난 시간과 인력, 그리고 재산을 소모하고도 실패한 것이다. 어렵게 구한 제작서에는 성능이 쓰여 있었는데, 버프 효율이 극대화되는 것일 뿐이지 성능은 오히려 S+ 검치고는 한 단계 낮은 S랭크 수준이었다. 에르소나는 그 검의 위대함을 알아보았지만 더 도전하지는 않았다.

공식 홈페이지에도 나와 있지 않았고 버그가 아니냐는 말까지 흘러나오고 있는 마당이었다. 에르소나의 길드뿐만 아니라 탑 랭킹에 드는 길드들이 수십, 수백 번 도전해도 만들어지지 않았기 때문이다.

에르소나와 사이가 안 좋을 때 몇 차례 그녀를 암살했는데, 그때 에르소나가 제작서를 떨구었다. 일대일로는 그녀를 이길 수 없던 시절의 신성이었기에 암살 방법은 치사하고 더러웠다.

아무튼 그것이 중요한 게 아니었다.

우연히 얻은 제작서를 보고 무엇에 홀린 듯 미친 듯이 몰두했다. 당시에는 몰두할 것이 필요했는지도 몰랐다. 성공 따위는 전혀 기대하지 않았는데 놀랍게도 신성은 단 한 번에 성공했다.

하늘이 도왔다고 할 수 있었다.

'당시에는 로또를 맞은 것 같았는데.'

만약 팔았다면 로또보다 더 큰 금액을 얻을 수 있었을 것이다.

지금 만들라고 하면 고개를 저을 것 같았다. 게임이라서 가능한 일이었지 이렇게 명백한 적을 두고 있을 때 할 짓은 못 되었다. 그리고 신성은 그때처럼 솔로 플레이를 할 수 있는 처지가 아니었다. 게다가 그 제작서가 드롭되었다는 소식은 전혀 들리지 않았다. 아르케디아 온라인과 조금은 어울리지 않은 형태의 제작서라 시장에 나온다면 분명 알 수 있었다.

아무튼 신성은 그때부터 자신이 운이 좋다고 믿게 되었고, 전성기가 찾아왔다. 모든 아이템을 경험치 버프로 만들어놓고 그 검을 쓰니 레벨이 오르지 않을 수가 없었다.

그 검의 이름은 정확히 알고 있었다.

'은폐의 검.'

능력과 이름이 전혀 어울리지 않았다. 왜 그런 이름인지 설명도 없었다.

신성은 잠시 옛 생각에 빠져 있었다. 게임밖에 모르던 자신에게 가족이 생길지는 꿈에도 몰랐다. 그저 혼자 살다가 그렇게 사라질 줄 알았지만, 어지간히 운이 좋아 루나가 아내가 되었고 레아를 낳았다.

신성의 감정에 따라 마력이 요동쳤다. 육체를 벗어나니 다소 감정적이 되는 모양이다.

'기다리는 일만 남았네.'

육체가 재구성되기 위해서는 시간이 필요했다. 동면이라 할 정도로 긴 시간은 아닐 것이다. 눈을 감고 마력의 흐름에 동조하여 잠드는 방법도 있었지만, 신성은 잠시 차원의 문을 바라보았다.

'잠시 보고 와도 괜찮겠지.'

지금은 의지로 이루어져 있어 눈에 띄지 않을 것이다. 신성은 차원의 문을 열고 안으로 들어갔다. 육체가 없어 무척이나 자유로웠다.

본체는 걱정할 필요가 없었다.

누군가 다가온다면 강력한 마력 폭풍에 의해 가루가 되어버릴 것이다. 용신이라 하여도 접근한다면 큰 피해를 감수해야 한다. 자신이 있는 곳에 도달할 수는 있겠지만, 신성은 용신이 그럴 일은 없다고 생각했다.

신성은 그녀가 자신이 성장하기를 원한다고 생각했다. 완벽히 복수를 하려는 것인지, 아니면 또 다른 무언가를 노리는 것인지는 파악할 수 없었다. 다만 생각보다 골치가 아플 것 같았다.

오랜만에 드래고니아에 도착했다. 현재 신성은 의지로 이루어져 있지만 물리력을 어느 정도는 행사할 수 있었다.

차원의 문 주변에는 마을이 들어서 있었다. 마계 개발을 위해 몰려온 투자자들이 대기하고 있는 상황이었다. 마계는 쓸모없는 땅이 대부분이었지만 어비스에서 구할 수 없는 희귀 아이템이 꽤 있었기에 투자할 가치가 있기는 했다.

신성이 나타났음에도 주변에 있는 이들은 잠시 고개를 갸웃할 뿐 신성을 보지 못했다. 기감이 무척이나 민감한 존재가 아니면 신성이 바로 옆에 있는 것도 모를 것이다.

지금 신성은 그야말로 완벽한 투명인간 상태였다.

어릴 적 투명 인간이 된다면 여탕에 제일 먼저 가보겠다고 생각한 적도 있었다. 지금은 그럴 필요가 없으니 전혀 관심이 생기지 않았다. 골든 하렘에서 면역이 되어버렸다.

신성은 루나와 레아를 보고 갈 생각이다. 권능은 쓸 수 없었지만 의지로만 이루어져 있어 뇌전의 권능을 일으킬 때보다 빠르게 이동할 수 있었다.

CHAPTER 7

주신II

'음?'

신성이 이동하려 할 때였다. 무언가 익숙한 기운이 느껴져 주변을 바라보았다.

곡물이 들어 있어야 할 꽤 큰 나무통 하나가 슬금슬금 움직이고 있는 것이 보였다. 주변에 있는 사람들은 그것을 전혀 눈치채지 못했다. 주변에는 거대한 창고들이 자리 잡고 있었고 거리에조차 물자가 가득 쌓여 있었기 때문이다.

신성은 나무통으로 다가갔다. 안으로 들여가 보니 어린 오우거 하나와 작은 소녀가 웅크리고 있었다. 작은 소녀가 나무통에 뚫린 구멍 사이로 밖을 보고 어린 오우거가 발을 움직여 조금씩 이동했다.

"레, 레아, 그, 그냥 돌아가는 게 좋지 않을까? 지금이라면……."

"나약한 소리 하지 마! 고지가 눈앞이야! 여기까지 와서 포기할 수는 없어!"

"그, 그래도 마, 마계는 엄청 위험한 곳이라던데……."

"릴리스 이모가 그랬어. 마계에 엄청 멋진 곳이 있다고. 몬스터가 나타나면 내가 없애 버릴게."

신성은 작게 한숨을 내쉬었다. 나무통 안에 있는 녀석들은 레아와 토미였다. 꽤 좋은 갑옷을 입고 무기까지 들고 있었다.

"레아, 사실은 그냥 아빠가 보고 싶은 거지?"

"으, 응? 티, 티가 났어?"

"역시……."

"마, 마계에 연구할 것들이 많다면서 너도 동의했잖아."

"그건 그냥 해본 소리였는데, 하아!"

토미의 한숨이 통 안에 가득 울려 퍼졌다. 신성은 자신이 보고 싶어 모험을 하겠다는 레아가 기특했지만 한편으로는 한숨을 내쉴 수밖에 없었다.

신성은 레아를 결코 혼낼 수 없을 것이다.

신성은 나무통 밖을 바라보았다. 화물을 가지고 온 대형 비공정이 보였는데 아마 그걸 몰래 타고 온 모양이다.

'루나가 걱정하겠네.'

생각하기 무섭게 엄청난 속도로 돌진해 오는 소형 비공정이 보였다. 그곳에서 루나의 기척이 느껴졌다. 소형 비공정이 주변 건물 하나를 부수며 바닥에 착륙했다. 착륙이 아니라 추락에 가까웠다. 레아가 소란을 느끼고 통을 돌려 비공정 쪽을 바라보았다.

"토, 토미, 큰일 났어."

"허, 허억! 서, 설마. 루, 루, 루나 님이?!"

"우리가 이곳에 오는 것을 알고 있는 자는 아저씨밖에 없어. 설, 설마 아저씨가 배신한 건가?"

"그, 그럼 그 웃음은 전부 거짓이었던 거야? 무서운 사람. 스승님 말씀이 맞았어. 릴리스 님은 그냥 바보이고 김갑진 님이 진정한 악마라고 하셨는데……."

토미가 소름이 끼치는지 몸을 부르르 떨었다.

"토미! 달려!"

"하, 하지만……."

"지금 죽나 나중에 죽나 마찬가지야!"

묘하게 설득력 있는 레아의 말에 토미는 통 밑으로 발을 불쑥 빼더니 레아의 지시에 따라 달리기 시작했다. 차원의 문이 바로 앞에 있었다.

통이 빠르게 차원의 문으로 나아갔다.

'그렇게 둘 수는 없지.'

차원의 문을 넘었다가는 레아라고 할지라도 지독한 감기에 걸릴 것이 틀림없었다. 냉기가 가득 깔려 있으니 말이다.

신성은 나무통을 통째로 들었다.

"토미, 빨리!"

"이, 이상해! 따, 땅이 점점 멀어져!"

신성은 나무통을 옆으로 눕히고는 소형 비공정을 향해 굴렸다. 내리막길이라 잘 굴러갔다.

"으아아!"

"으아악!"

나무통이 마구 굴러가다가 소형 비공정 앞에서 부서졌다. 레아와 토미가 정신을 못 차리고 바닥에 쓰러져 있을 때 레아와 토미 위로 그림자가 졌다.

루나가 무척이나 상냥하게 웃으며 레아와 토미를 바라보고 있었다. 그 옆에는 사악한 미소를 그리고 있는 김갑진이 있었다.

"배, 배신자!"

"배신은 아니지. 나는 애초부터 네 편이 아니었으니 말이야. 세상은 이토록 험난한 거란다. 정신을 차리지 않으면 모든 것을 잃어버리지."

레아가 김갑진을 보며 외치자 김갑진이 씨익 웃으며 대답했다. 김갑진은 마치 사악한 악당이 내뱉을 것 같은 말을 하고 있었다. 루나가 폭풍같이 야단치기 시작했다. 무척이나 화가 난 듯한 루나의 모습에 둘은 아무런 말도 하지 못했다.

신성은 그 광경을 보며 피식 웃었다. 루나가 잔소리하는 도중에 신성 쪽을 바라보았다. 미소를 지으며 신성 쪽을 바라보다가 다시 야단을 치기 시작했다.

루나는 신성이 보고 있음을 알아차린 것이다.

신성은 레아와 루나를 오랫동안 바라보다가 차원의 문으로 이동했다. 오랫동안 승급 장소에서 떨어져 있을 수 없었다.

'돌아가야겠군.'

아쉽지만 돌아가야 했다. 신성은 차원의 문을 넘어 다시 마계의 남부 지역으로 돌아왔다. 차원의 문을 이용할 수 없도록 닫았다. 레아의 은밀한 계획이 김갑진에 의해 완전히 농락당해 파괴되었으니 당분간은 말썽을 부리지 않을 것이다.

신성은 잠시 의식을 닫고 기다렸다. 시간이 빠르게 흘러갔다. 그리 많은 시간은 필요하지 않았다. 며칠이 지나자 마력 폭풍이 점점 작아지며 하나의 점으로 집약되기 시작했다.

녹아버린 드래곤 하트가 예전과는 비교도 할 수 없는 강력한 심장으로 재구성되며 어두운 기운을 내뿜었다.

[악룡신(주신)으로 승급하였습니다.]
[레벨이 대폭 상승합니다.]
[육체가 재구성됩니다.]

드래곤과 악신이 합쳐진 육체가 탄생하기 시작했다. 그것은 악룡신으로 변신하던 신성의 모습과 비슷했다. 크기는 보통의 휴먼족과 비슷했지만 느껴지는 거대한 존재감은 드래곤 로드를 아득히 초월하고 있었다.

마치 흑염룡으로 갑옷을 만들어 입은 것 같은 모습이었다. 그동안 가지고 있던 모든 속성이 온몸에서부터 느껴졌다.

휘이익!

손을 뻗자 주변에 휘날리던 모든 것이 사라졌다. 그동안 신성을 속박하던 페널티는 이제 존재하지 않았다. 드래곤과 악신을 초월해 악룡신이 된 것이다. 드래곤의 권능을 마음껏 발휘할 수 있고 악신의 권능 역시 마찬가지였다.

[S+]악룡신(주신)

악신과 드래곤을 초월한 존재.

악을 주관하고 모든 드래곤의 권능을 사용할 수 있다. 또한 악룡신의 권능을 사용하여 차원에 간섭하여 통제할 수 있다. 지배와 공포, 탐욕, 함락의 권능 역시 악룡신의 권능에 포함되어 극에 이르게 되었다.

얼어붙은 대지에 진정한 악룡신이 모습을 드러냈다.

신성은 자신의 몸을 내려다보았다.

더 이상 거대한 덩치를 지닌 드래곤의 모습은 아니었다. 드래곤의 모습이 되고 싶다면 마족이나 다른 종족이 된 것처럼 언제든 변할 수 있었다. 이제 신성에게 드래곤은 악룡신에 비해 크게 못 미치는 종족일 뿐이었다.

신성이 의지를 일으키자 전신에 두르고 있던 갑옷이 해제되었다. 악룡신의 권능으로 만들어진 갑옷은 언제든 입고 벗을 수 있었다.

그 어떤 방어구보다 위대했다.

악룡신의 모습은 용신과 달리 인간형이었다. 신성의 근원이 인간으로부터 출발했기 때문인지도 몰랐다.

그러나 휴먼족 따위와는 결코 비교될 수 없이 위대하고

아름다웠다. 세상의 온갖 아름다움을 전부 집약해 놓은 것 같은 느낌이다. 황금빛 눈동자는 태양보다 찬란했고 검은 머리카락은 우주를 담고 있는 것 같았다. 그의 몸은 위대한 장인이 심혈을 기울여 깎아 만든 것 같았다.

'확실히 이 모습이 편하기는 하네.'

신성은 피식 웃으며 주먹을 쥐었다. 뿜어져 나온 마력에 공간이 진동하며 대지에 균열이 생겼다.

힘이 넘쳐났다. 그동안 자신을 속박하던 모든 제한이 풀린 느낌이다. 레벨은 700을 넘은 지 오래였다. 지금도 계속해서 경험치가 쌓여가고 있었는데, 악신의 신도들의 신앙심 때문이었다. 악룡신이 되었기 때문인지 이제는 신성 랭크만이 아닌 모든 경험치가 오르고 있었다.

그것뿐만이 아니었다.

그들이 가지고 있는 고통과 절망, 공포와 같은 감정들이 신성에게 빨려들어 오며 많은 경험치를 부여해 주고 있었다. 신성 덕분에 신도들의 그러한 감정들이 옅어졌다. 지구와 어비스, 그리고 마계에 많은 신도가 있으니 레벨은 계속해서 올라갈 것이다.

이제 사냥이나 레이드를 할 필요가 없어졌다. 신도들의 기도는 신성의 직접적인 힘이 되었다.

신성은 정보창을 열어보았다.

'스킬이 모두 바뀌었군.'

드래곤의 스킬이 모두 악룡신의 스킬로 바뀌었다. 신성이 여기까지 오는 데 큰 역할을 한 용의 재능은 초월자의 재능으로 바뀌었다.

[S++]초월자의 재능

한계를 초월한 자만이 얻을 수 있는 재능. 드래곤과 신을 초월하여 차원이 지닌 정보에 접촉할 수 있다.

무엇이든 시작한다면 그 분야 최고의 장인보다 훨씬 좋은 결과물이 나올 것이다. 무엇이든 익힐 수 있고 스킬을 습득할 경우 S랭크 이상으로 자동 보정된다.

이제 스킬 포인트는 필요 없었다. 익히고 있는 모든 것이 S랭크, 또는 S+랭크로 바뀌었고 악룡신과 관련이 있는 스킬은 S++랭크가 되었다. S++랭크는 신성도 처음 보는 것이다. 최상위 종족이라 하여도 S+랭크 이상으로 올릴 수 없었는데 신성은 종족을 초월했기에 올릴 수 있는 것 같았다.

악룡신에 관한 스킬은 모두 S++가 되었다. 스텟 보정 역시 지나치게 많아 마음만 먹으면 재앙 그 자체가 될 수 있었다. 악룡신 스킬은 드래곤 스킬에서 몇 단계나 발전된 형태였는데 그러한 것 중에 가장 눈에 띄는 두 가지 스킬이 있었다.

초월자의 언어와 악신의 권능이다.

[S++]초월자의 언어

신의 목소리와 용언을 초월한 언어.

물리법칙은 물론이고 창조의 힘마저 지니고 있다. 자세히 정보를 아는 것이라면 권능을 소모해 창조해 낼 수 있다.

용언과 신의 목소리가 합쳐진 결과였다. 용언과는 비교할 수 없는 권능을 행사할 수 있었다. 용신도 이러한 능력을 지녔으리라 짐작되었다. 화이트 드래곤을 만들어낸 것은 분명 이와 비슷한 능력일 것이다.

신성은 정면을 바라보았다. 그가 알고 있는 정보를 머릿속에 떠올리며 입을 뗴었다.

[만들어져라.]

악룡신의 권능이 소모되며 신성의 주위로 어마어마한 마력이 치솟았다. 마력은 다채로운 색깔을 머금고 있었다. 마치 심연을 보는 듯한 검은색이었다가도 신성함이 느껴지는 환한 빛으로 바뀌었고 또다시 여러 가지 색깔로 변화하며 일렁였다.

마력이 사라짐과 동시에 신성의 앞에 커다란 금덩어리가

떨어졌다.

[S]최고급 마력 황금(레전드)
악룡신이 만들어낸 황금.
모든 기운을 포용할 수 있는 엄청난 가치가 있는 황금이다.
최고급 마력 황금을 재료로 쓴다면 기본적으로 결과물의 랭크
가 두 단계 이상 올라간다.

신성은 황금을 바라보며 감탄했다. 권능 소모가 막심했
지만 이렇게 무언가 만들어낼 수 있으니 진정한 신이 된 것
같은 느낌이 들었다. 어차피 소모된 마력이나 권능은 시간
이 지나면 차오르니 손해라고 볼 수는 없었다.
'엘브라스나 칼인트가 보았다면 기절했겠군.'
특히 엘브라스는 거품을 물었을지도 모른다. 칼인트가
아름다운 여성에 빠진 것처럼 엘브라스는 도박에 빠져 있
었으니 말이다. 이제 드래곤 상점이나 엘브라스의 아이템은
신성에게 공짜나 다름없었다. 가격이 비싼 것은 정보를 파
악한 뒤 신성이 직접 창조해 내면 되었다.
'창조의 능력만 놓고 본다면… 치트키에 가깝군.'
마치 게임에서 아이템 생성 같은 치트키를 쓰는 느낌이
다. 현실이 분명한 세계에서 이런 것을 쓸 수 있으니 무언가

느낌이 이상했다. 지금껏 그가 살아온, 그리고 지금도 살아가고 있는 이 세계가 낯설게 느껴졌다.

무언가 괴리감이 느껴지고 있었다.

신성은 고개를 저으며 그러한 생각을 지워 버렸다. 용신을 없애고 나면 주어진 시간은 충분히 많았다. 그때 고민해도 늦지 않을 것이다.

신성은 다시 정보창을 바라보았다. 가장 중요한 스킬이 보였다.

[S++]악룡신의 권능

악룡신이 되어 얻은 권능.

차원을 간섭할 수 있고 통제할 수 있는 권능이다. 마력과 권능을 소모해 차원의 문을 만들 수 있고 해당 차원이 지닌 정보를 받아볼 수 있다. 정보를 비틀어 일부 조작하는 것도 가능하다.

그뿐만 아니라 지금껏 얻은 모든 권능의 능력이 극대화된다.

창조의 능력보다 어쩌면 더 치트키 같은 능력일지도 몰랐다. 정보를 열어 통제하는 것도 모자라 조작까지 할 수 있으니 말이다. 그것은 물체에 국한된 것이 아니기 때문에 다른 이들의 능력치나 스킬 등을 조작할 수도 있었다.

그러나 대상의 마음이나 영혼은 조작할 수 없었다. 그것은 정보와는 근본적으로 다른 개념인 것 같았다.

　'시험해 볼까?'

　시험해 본다면 대충 감을 잡을 수 있을 것 같았다. 신성은 방금 만들어놓은 최고급 황금의 정보창을 바라보았다. 악룡신의 눈으로 바라보니 수정 가능한 항목이 보였다.

　[S]최고급 마력 황금→[F]불순물이 섞인 마력 황금(수정)

　불순물이 섞여 있어 그 가치가 무척이나 낮은 황금이다.

　정제한다면 소량의 황금을 얻을 수 있다.

　대단한 가치를 지닌 황금이 순식간에 싸구려 황금이 되어버렸다. 신성은 황금을 손으로 들어보았다. 조작으로 인한 위화감이 전혀 느껴지지 않았다. 신성이 생각하기에도 정말 대단한 능력이었다.

　"응?"

　신성은 주변을 바라보았다. 얼음의 정령들이 잔뜩 몰려와 신성을 바라보고 있었다. 모두 여성이었는데 얼음의 정령과는 어울리지 않게 홍조를 띠고 있었다.

　"주신님, 저와 계약해요."

　"저도요!"

"주신님, 계약해 주세요."

웬만해서는 말을 하지 않는 이들이 바로 얼음의 정령이다. 드래곤이 눈앞에 있더라도 무심하게 바라보는 이들이었는데 지금은 얼음의 정령이라고 전혀 생각하지 못할 정도로 적극적이었다.

[악룡신의 권능이 발현되었습니다.]
[얼음의 정령들이 함락의 권능에 영향을 받아 호감도가 최대치에 도달하였습니다.]
[축하합니다. 칭호를 획득하였습니다.]

*[A]정령들에게 사랑받는 주신

신성은 이제 모험가의 팔찌는 전혀 필요가 없었다. 아르케넷도 권능을 이용해 얼마든지 접속할 수 있었다.

얼음의 정령들을 바라보니 그러한 정보들이 떠올랐다. 호감도가 이미 최대치를 찍고 있었다. 마치 신성의 팬클럽이라도 된 듯했다.

얼음의 정령들은 수줍어하면서도 계약해 달라고 조르고 있었다. 신성이 고개를 젓자 얼음의 정령들은 크게 실망했지만 신성을 향한 마음을 멈추지는 않았다.

신성이 가는 곳을 모두 따라올 기세였다.

"열심히 일하면 생각해 볼게."

"알았어요!"

"열심히 할게요! 나쁜 놈들을 모두 얼려 버릴게요!"

신성의 말에 얼음의 정령들이 불타올랐다. 마치 불의 정령이 빙의한 것 같은 모습이다.

신성에게 잘 보이기 위해 남부 지역에 있는 자원을 모조리 긁어오기 시작했다. 얼음의 성에 모조리 가져다 놓았는데 아마 조만간 얼음의 성이 무너져 버릴지도 모르겠다.

신성은 잠시 얼음의 성을 바라보다가 골든 하렘의 성으로 공간 이동했다. 예전보다 훨씬 권능 사용이 자유로워졌다. 악룡신의 권능이 아니라면 숨 쉬는 것처럼 자연스럽게 사용할 수 있었다.

신성이 나타나자 빗자루로 바닥을 쓸고 있던 이비가 눈을 동그랗게 떴다.

"주인님? 주인님 맞으시지요?"

"많이 달라졌지?"

"네. 전 주인이 보았다면 대단히 부러워했을 것 같아요."

신성이 의아한 표정으로 이비를 바라보았다.

"전 주인은 드래곤치고는 인기가 꽤 없었거든요. 근데 주인님은 인기가 많다 못해 거의 저주 수준이시네요. 앞으로

고생 좀 하실 것 같아요. 당분간 골든 하렘의 주요 인물들
만 만나보시는 것이 좋을 것 같네요."

"그 정도야?"

"아마 큐리아 님은 주인님을 보자마자 기절할 것 같은데
요?"

이비가 그렇게 말하며 웃음 지었다. 신성은 고개를 설레
설레 저으며 피식 웃었다. 설마 악룡신이 되어 권능이 극대
화되었다고 하더라도 그 정도일까 싶은 것이다.

"내기하실래요?"

"그럴까?"

"제가 이기면 좋은 빗자루 하나만 만들어주세요."

그 정도는 얼마든지 해줄 수 있었다. 신성 역시 자신의
조건을 말하려고 할 때였다.

쿠웅!

갑작스러운 소리에 신성과 이비의 고개가 동시에 돌아갔
다. 큐리아가 바닥에 쓰러져서 숨을 헐떡이고 있었다. 그러
다가 신성과 눈이 마주치자 그녀의 눈동자가 스르륵 감겼
다.

"정말… 이네."

"그렇죠?"

정말이었다.

신성은 머리가 아파오는 것을 느꼈다. 이비가 빙긋 웃으며 신성을 바라보았다. 신성은 작게 한숨을 내쉬다가 그녀에게 손을 뻗었다. 이비가 눈을 깜빡이다가 신성의 의도를 알아차리고는 손에 들고 있던 빗자루를 건넸다.

신성은 악룡신의 권능을 일으켜 빗자루의 정보를 조작했다. 마력이 휘몰아치며 빗자루를 감싸더니 빗자루의 모습이 바뀌었다.

[C]마법의 빗자루(레어)→[S]만능 빗자루(레전드)(수정)

악룡신의 권능으로 수정된 빗자루.

한 번 쓰는 것만으로 주변의 모든 더러운 것이 사라진다. 미세한 균마저 모두 박멸되기 때문에 따로 소독을 하지 않아도 된다. 그뿐만 아니라 만능 빗자루를 사용한 자리에는 체력과 마력을 회복시켜 주는 좋은 향기가 남게 된다.

사용자의 스텟이 크게 상승되고 빗자루 위에 올라타면 공중을 자유롭게 날 수 있다.

*[A+]자유비행 : 탑승하여 하늘을 날 수 있다. 그 속도는 소형 비공정에 맞먹는다.

*[A+]드래곤의 권능 : 드래곤의 권능이 포함되어 있다.

*체력 : +20%

*마력 : +20%

*근력 : +100

빗자루는 마치 크리스털과 황금으로 만들어진 것처럼 보였다. 이비에게 건네자 이비가 눈을 크게 뜨고 감동한 표정으로 신성을 바라보았다.

"감사해요."

이비의 눈이 반짝였다. 이비는 빗자루를 잡고 주변을 쓸어보았다.

파아아앗!

주변에 있던 더러운 것이 모두 사라지자 바닥에서 광채가 흘러나오고 주변에 있던 동상이나 가구들이 새것처럼 변했다. 성능이 좋아도 너무 좋았다.

이비가 조심스럽게 공중에 빗자루를 눕히자 빗자루가 공중에 떠올랐다. 조심스럽게 그 위에 탑승하자 공중에 뜨게 되었다.

[이비가 성숙한 마법 소녀로 전직하였습니다. 메이드 특성은 계속 유지됩니다.]

[A+]성숙한 마법소녀(2차 전직)

악룡신의 권능이 담긴 만능 빗자루의 도움으로 마법 소녀로 전직하였다. 마법 소녀가 되기에는 성숙한 외형 덕분에 성숙한 마법 소녀로 변경되었다.

그녀는 성숙한 마법 소녀로서 세상의 더러운 것들과 싸워나갈 것이다.

*만능 빗자루의 힘으로 변신할 수 있다. 드래곤 로드의 권능이 포함되어 있어 더욱 아름다운 모습이 된다.

*뇌천룡의 권능이 포함되어 있어 변신을 하게 되면 더욱 빠른 속도로 날 수 있다.

*지천룡의 권능이 포함되어 있어 근력이 상승한다.

"……."

악룡신의 권능은 전직을 만들 만큼 강력했다. 신성은 의도하지 않았지만 이비의 청순하고 순수한 마음이 성숙한 마법 소녀라는 2차 전직을 만들어냈다.

이비가 성안을 날아다니기 시작했다. 날아다닌 자리에는 향기가 감돌았고 더러운 것들이 정화되었다.

"주인님, 이걸 연구해서 대량 생산을 해볼게요!"

"응?"

"작업 효율이 엄청 올라갈 것 같아요!"

이비는 의욕이 넘쳤다. 신성은 눈을 깜빡이다가 고개를 끄덕였다. 신이 나 보이니 그냥 놔두는 것이 좋을 것 같았다.

'좋은 게 좋은 거니 상관없겠지.'

신성은 살짝 웃으며 그녀를 바라보다가 떠오른 메시지에 표정을 굳혔다.

[용신이 당신의 승급을 축하합니다.]

신성의 눈이 날카로워졌다. 용신이 드디어 움직임을 보인 것이다.

CHAPTER 8

부활

중앙 지역은 마계에서 가장 풍요로운 지역이었다. 갑작스럽게 닥친 추위에 피해를 보기는 했지만 결계 덕분에 그 피해는 최소화되어 지금은 예전처럼 회복된 상태였다.

결계는 아주 오래전부터 존재했다. 마계에 마왕이라는 존재가 등장하기 전부터 그 자리를 지키고 있었다. 고대에는 성역이라 부르며 누구도 들어가지 않았고 수천 년 전부터 마계에서 가장 강력한 마왕들만이 결계 안으로 들어올 수 있게 허락을 받았다.

마계를 주무르던 마왕들은 결계 안으로 들어오게 되면

이 땅의 진정한 지배자가 누구인지 알게 되었다. 막대한 힘 앞에 바닥을 기며 고개를 조아릴 수밖에 없었다.

물론 중앙 마왕들은 풍족한 땅에서 수많은 세월 동안 막강한 권세를 누렸다. 강한 권능을 키울 수 있었다. 그러나 그것은 주어진 권세에 지나지 않았다. 중앙 마왕들을 제외한 다른 이들은 그 누구도 알아차리지 못할 것이다.

중앙 지역의 중앙에는 거대한 성이 있었다. 고대로부터 내려온 그 성은 세상의 것이 아닌 것처럼 아름다웠다. 드래곤의 뼈가 주재료였는데 단지 존재하는 것만으로도 마왕들은 위축되어 허리를 좀처럼 펼 수 없었다.

'이곳은 올 때마다 소름이 끼치는군.'

마왕 서열 1위인 바라크만은 그렇게 생각했다. 마계에서 가장 강력한 권능을 지닌 그조차 이 성에 들어올 때면 옷차림을 정리하고 손을 가지런히 모았다.

이렇게 갑작스러운 소집은 처음이다. 그동안 주기적으로 찾아와 극진한 예의를 갖춰 모셨는데 그 기간을 제외하고 성으로 불려오는 것은 처음이었다.

'시간이 된 것인가.'

마계의 깊은 곳으로 가라앉아 있던 위대한 의지가 드디어 깨어나고 있는 것이다.

바라크만의 얼굴에 흥분이 감돌았다. 그 거대하고 위대

한 의지는 마계를 번영으로 이끌어줄 것이다. 이 척박한 마계를 떠나 풍족한 곳으로 마족들을 이끌어줄 것이다. 고대부터 전해져 내려오는 말 중에는 분명 그러한 구절이 존재했다.

중앙 마왕들은 그것을 위대한 약속이라 불렀다.

바라크만은 조용히 성안으로 들어갔다. 평소와는 달리 화려하지 않은 단색의 깨끗한 복장을 하고 조용히 걷는 모습은 수도자와 비슷한 분위기를 풍겼다.

성안은 대단히 웅장하고 화려했다. 온갖 화려한 물건들이 곳곳에 깔려 있고 바닥조차 거대한 보석을 깎아 만든 것이었다. 하나하나가 엄청난 보물이라 마계에 등장하게 된다면 분명 전쟁이 일어날 것이다. 그러나 저 보물에 욕심을 냈다가는 엄청난 고통 속에서 죽을 것이 분명했다. 이 모든 것은 위대한 의지의 소유였으니 말이다.

어느 정도 걸어가자 거대한 문이 보였다. 알 수 없는 글자와 함께 드래곤이 양각되어 있는 문은 보는 것만으로도 몸이 떨릴 만큼 강력한 기운을 품고 있었다. 바라크만은 마계에서 제일 강한 마왕이었지만 저 문 안으로 들어가는 것이 너무나 두려웠다.

"오셨습니까? 오랜만입니다, 바라크만 님."

문 앞에는 마왕들이 서 있었다. 중앙 마왕들이 모두 모여 있는 것이다. 바라크만이 그들 중 서열이 제일 높았기에 그들은 그가 나타나자 고개를 살짝 숙였다. 그러나 깊은 예의는 차리지 않았다. 힘의 차이가 그다지 크지 않아 서로가 서로를 존중해 주는 편이었다. 다른 지역과는 전혀 다른 중앙 지역만의 특색이다.

바라크만은 작게 고개를 끄덕였다.

"요즘 마석은 어찌 진행되고 있는가?"

바라크만이 물었다. 중앙 마왕들은 위대한 의지가 전해 준 마석의 설계도로 마석 제작에 성공했다. 차원 너머에는 풍족한 땅과 질 좋은 먹잇감이 널려 있었다. 그러나 마석에 의한 침략은 제대로 진행되지 않고 있었다. 그 값비싼 마석들이 하나둘씩 닫히고 있었고, 그 자리를 다시 채우는 것도 현 시점에서는 힘에 부쳤다.

"음, 차라리 변방 마왕들처럼 차원의 문을 노리는 것이 나을 것 같기도 합니다."

"맞습니다. 자원만 축낼 뿐 효과가 없더군요. 침식이 일어나야 포탈을 열든가 뭘 할 텐데……."

"미천한 변방 마왕들에게 맡겨놓으니 그런 사달이 나는 것이지요."

마왕들이 말했다. 마왕들은 불만이 많아 보였다. 변방에서 발견된 차원의 문을 통해 진격했어도 마족들은 풍족하게 살아갈 터전을 얻을 수 있었을 것이다. 그러나 중앙 마왕들은 결계 밖으로 나가는 것이 허락되지 않았다.

그것은 위대한 의지의 뜻이었다.

"위대한 의지께서 해결해 주실 것이네. 깊은 심연에서 깨어나신 것 같으니 말이야."

바라크만의 말에 마왕들이 반색하며 고개를 끄덕였다. 오늘 그동안의 관례를 깨고 이례적으로 모인 이유가 분명 존재할 것이다. 위대한 의지가 심연에서 진정으로 깨어났다면 마계의 번영은 약속된 것이나 다름없었다.

두드드!

문이 열리기 시작했다. 위대한 의지의 허락이 없다면 안으로 들어갈 수 없었다. 바라크만과 마왕들은 침을 꿀꺽 삼켰다. 이곳에 들어가는 것은 굉장히 오랜만이다. 중앙 마왕으로 임명될 때와 마석의 설계도를 받을 때를 제외하고는 없었다. 그때를 제외하고는 모두 문밖에서 절을 하고 돌아갔다.

"위대한 의지께서……!"

"드디어……!"

마왕들은 흥분을 감추지 못했다. 바라크만도 마찬가지였다.

쿠쿵!

문이 완전히 열렸다. 그 안은 무척이나 어두웠다. 빛이 한 점도 존재하지 않아 암흑 그 자체로 보였다. 바라크만과 마왕들은 깊은 숨을 내쉬고 안으로 들어갔다. 마계 최고의 무력을 지닌 이들답지 않게 긴장하고 있었다.

그 압도적인 존재감 앞에서 마왕 따위는 아무것도 아니었다. 바라크만과 마왕들이 안으로 들어가자 문이 다시 닫혔다.

아무것도 보이지 않던 공간이 변하기 시작했다. 마치 밤하늘을 담고 있는 것처럼 별들이 떠올랐다. 환각이라고는 전혀 생각할 수 없었다. 실제로 밤하늘이 이곳에 담겨 있는 것 같았다.

밤하늘이 아니라 우주의 모습과 닮았지만, 마왕들은 그것을 이해하지 못하고 밤하늘이라고 생각했다.

별들로 만들어진 것 같은 의자에 앉아 있는 여인이 보였다. 눈을 뗄 수 없을 정도로 아름다운 여인이었다. 그 여인의 심장 부근에는 검이 꽂혀 있었는데, 심장을 관통하여 등 뒤로 칼날이 튀어나와 있었다.

여인은 죽은 듯이 그렇게 가만히 눈을 감고 있었다. 그녀가 눈을 뜬 적은 단 한 번도 없었다. 그저 의지만이 느껴졌을 뿐이다.

바라크만이 무릎을 꿇고 고개를 조아리자 다른 마왕들

역시 그렇게 했다. 잠시 침묵을 지키다 바라크만이 조심스럽게 입을 떼었다.

"위대한 의지 아르카다즈시여, 부름을 받고 왔사옵니다."

아르카다즈. 그것이 그녀의 이름이다. 머나먼 과거와 미래를 관통하는 그 이름은 오로지 그녀만이 쓸 수 있었다. 바라크만이 그녀의 이름을 입에 담자 아르카다즈의 눈꺼풀이 움직였다.

드러난 그녀의 눈동자는 찬란한 황금빛이었다. 심연을 보는 것 같은 검은 머리카락과 기이하게도 잘 어울렸다.

그녀가 눈을 뜨자 바라크만과 마왕들이 고개를 숙였다. 아르카다즈가 깨어났다는 것에 환희에 들떴지만 티를 낼 수 없었다. 단지 눈을 마주치는 것만으로도 영혼이 깨지는 것 같은 감각이 밀려왔기 때문이다.

아르카다즈의 손이 움직였다. 하얗고 고운 손은 벌레 한 마리라도 못 잡을 것처럼 여려 보였다. 두 손이 천천히 가슴에 박혀 있는 검의 손잡이를 쥐었다.

푸시식!

피가 뿜어져 나왔다. 그 피는 막대한 마력을 담고 있었다. 아르카다즈가 천천히 검을 뽑았다. 단지 검을 뽑는 행위였지만 엄청난 마력과 권능이 소모되고 있었다.

바라크만과 마왕들은 고개를 들어 그 모습을 바라보았

다. 드디어 위대한 의지 아르카다즈가 마계를 위해 봉인에서 깨어나고 있는 것이다.

많은 권능과 마력을 소모했기에 마계의 영광을 위해서는 좀 더 많은 세월을 기다려야 하지만 그것은 찰나에 불과할 것이다. 바라크만과 마왕들은 그렇게 생각했다.

공간이 진동했다. 차원의 뒤틀림이 보였다. 아르카다즈가 무표정한 얼굴로 몸을 일으켰다. 가슴에 박혀 있던 검이 대부분 뽑혀 나왔다.

바라크만은 몸을 떨었다.

'도대체 누가 저러한 검을 사용했단 말인가. 과거에 어떤 존재가 위대한 의지께 상처를 입힌 것인가.'

고대에 마계가 존재하지도 않던 시절일까? 바라크만의 그러한 의문에 그 누구도 대답해 주지 않았다.

스윽!

강력한 권능과 마력의 소용돌이 속에서 천천히 뽑히던 검이 드디어 완전히 뽑혀 나왔다.

휘이이!

그 순간 주변에 넘실거렸던 진득한 마력이 모두 아르카다즈에게 회수되었다.

"후우."

그녀가 숨을 내쉬었다. 아주 오랜만에 내쉬어 보는 호흡이었다. 갈라진 가슴에서 뿜어져 나오던 피가 멈추며 서서히 회복되었다. 그녀는 자신의 손에 들린 검을 바라보았다. 그녀에게 치명적인 상처와 함께 막대한 권능을 앗아간 검이다. 그녀의 눈으로도 해석할 수 없는 기이한 권능을 품고 있었다.

그녀는 잠시 감상에 빠졌다. 기다림의 결실을 볼 날이 다가오고 있었다.

"아, 아르카다즈시여!"

바라크만이 그녀를 불렀다. 그녀는 생각을 방해한 바라크만을 바라보았다. 그녀의 날카로운 눈빛에 바라크만은 몸이 저절로 떨려왔다.

"부디 마계의 부흥을 위해 힘을 써주시옵소서! 마족들을 이끌어주시옵소서!"

바라크만이 그렇게 말하자 아르카다즈가 미소 지었다. 그녀는 바라크만의 앞까지 걸어갔다. 바라크만을 내려다보며 입을 떼었다.

"마계의 부흥이라……."

"고, 고대에 약속하신 대로… 이, 이행해 주십시오."

"그런 약속을 했던가?"

바라크만이 그녀의 말에 몸을 부르르 떨었다. 다른 마왕들도 마찬가지였다.

"생각이 나는군. 그랬지."

"기, 기억나셨다니 정말 다행입니다."

아르카다즈의 말에 바라크만은 겨우 안도했다. 아르카다즈가 손을 뻗어 바라크만의 얼굴을 잡았다. 바라크만의 눈이 그녀의 눈과 마주쳤다. 아르카다즈의 미소는 요염했다. 그 미소를 본 자들은 결코 그녀에게서 빠져나올 수 없을 것이다.

"모두 없애 버린 후에 특별히 마계를 다시 만들어줄게."

"그, 그게 무슨……?"

아르카다즈는 환하게 웃으며 손에 든 검을 바라크만의 목에 꽂아 넣었다.

"커헉!"

검에서 빛이 뿜어져 나오자 바라크만의 몸이 말라비틀어지기 시작했다. 바라크만의 뿔이 가루가 되더니 검으로 빨려들어 갔다.

"무, 무슨……!"

"어, 어째서……!"

마왕들이 기겁하며 바닥에서 일어났다. 아르카다즈는 손실된 권능이 회복됨을 느꼈다. 마력 역시 천천히 회복되고 있었다.

"꽤 노력했나 보네. 열심히 키운 보람이 있어."

아르카다즈는 중앙 마왕들이 강해질 수 있게 도와주었다. 그것은 마계의 부흥 따위를 위해서가 아니었다. 단지 깨어난 후에 소모된 권능과 마력을 보충하기 위함이었다.

마계는 아르카다즈에게 있어 영양 보충 정도의 가치를 지니고 있었다.

살찌워 키웠으니 이제 도살할 때가 되었다. 중앙 마왕들의 영지에 있는 수많은 고위 마족들은 좋은 영양분이 되어 줄 것이다.

"쓸 만한 재료로군."

그녀는 그렇게 말하며 마왕들을 바라보았다. 마왕들의 안색이 새파랗게 질려 있다. 그들은 아르카다즈가 자신들의 편이 아님을 드디어 깨달았다.

덜덜 떨리는 몸으로 모든 권능과 마력을 끌어올렸다. 의미 없는 반항을 하려는 것이다.

[멈춰라.]

그러나 아르카다즈가 그렇게 말하는 순간 마왕들의 모든 것이 멈추었다. 마왕들은 숨조차 제대로 쉬지 못했다. 부릅뜬 눈으로 아르카다즈가 다가오는 것을 바라보고만 있어야 했다.

그녀의 걸음걸이는 우아했다. 그녀가 비어 있는 손을 휘젓자 그녀의 손에 아름다운 보석이 들렸다. 보석은 살아 있는 것처럼 두근거리고 있었다.

그것은 드래곤 하트였다.

마왕 앞에 선 그녀는 그대로 드래곤 하트를 마왕의 가슴에 쑤셔 박았다. 피가 사방으로 튀겼지만 그녀의 몸에는 닿지 않았다. 다른 손에 들린 검으로 살짝 드래곤 하트를 찔렀다. 그러자 변이가 시작되었다.

"크, 크아악!"

마왕이 비명을 지르며 비틀거렸다. 마왕의 몸에서 거대한 마력이 뿜어져 나오며 몸이 부풀어 오르기 시작했다. 몸이 기이하게 뒤틀리다가 하얀 뼈와 함께 비늘들이 솟구쳤다. 마왕의 몸이 거대해졌다.

그 모습은 드래곤 그 자체였다. 그가 마왕이었다는 것은 머리에 달린 두 개의 커다란 뿔만이 증명해 주고 있었다.

그녀가 손가락을 튕기자 거대한 성이 서서히 해체되기 시작했다. 천장부터 시작하여 벽과 바닥에 이르기까지 반듯한 모양으로 해체되고 있었다.

그녀가 드래곤을 바라보았다.

"모조리 흡수해 오렴."

거대한 드래곤이 그녀의 말을 듣자마자 하늘 위로 날아올랐다. 저 드래곤은 마계를 돌아다니며 그녀에게 영양분을 가져다줄 것이다.

아르카다즈는 남아 있는 마왕들을 바라보았다. 그리고 넓게 펼쳐져 있는 중앙 지역을 눈에 담았다.

"너무 누추하구나. 그럼 손님맞이 준비를 해볼까?"

중앙 지역을 감싸고 있던 결계가 반전되며 핏빛으로 물들기 시작했다.

그녀의 얼굴에는 묘한 홍분이 떠올라 있었다. 오랜 세월 동안 기다려 온 만남이 곧 이루어질 것이라는 기대감 때문이었다.

*　　　*　　　*

순조로웠다.

동부와 북부 지역에 대한 계획도 순조롭게 진행되고 있었다.

신도들이 계속해서 늘어나고 있었다. 주신이 되었기에 신도들은 신성의 레벨을 올려주고 그의 권능을 강화해 주었다. 시간이 더 지난다면 마계가 완전히 신성의 영향력 아래 놓이게 될 것이다.

커다란 전쟁 없이 마계를 접수하게 되어 다행이었다. 아르케디아인들과 정면으로 붙었다면 아마 기나긴 전쟁이 시작되었을 테니 말이다.

그것은 아르케디아인, 마족 둘 다 손해였다.

'하급 신을 임명하는 것도 생각해 봐야겠군.'

주신이 되었으니 루나의 권능을 이용하여 김갑진을 노동의 신으로 만든 것처럼 신을 만들 수 있었다. 아무래도 악룡신의 휘하로 들어오는 것이기에 루나와는 달리 사악한 권능이 깨어날 확률이 높았다.

여러모로 신중하게 고민하여 임명하는 것이 좋을 것 같았다. 릴리스나 큐리아를 일단 후보에 올렸다. 릴리스는 조금 꺼려졌지만 그래도 그만한 인재를 찾기는 힘들었다. 시키는 일은 그럭저럭 잘하니 말이다. 다소 요령을 피우기는 해도 괴롭히는 맛이 있으니 미워할 수 없었다.

'김갑진에게 권능을 중복시키는 것도 가능할까?'

시도는 해보지 않았지만 이론상으로는 가능할 것 같았다. 루나는 신성의 반려신이니 무리 없이 신성의 권능을 받아들일 수 있으니 말이다. 김갑진이 현재 지닌 노동의 권능에 사악한 힘이 더해진다면 김갑진은 그야말로 악당 그 자체가 될 수 있었다.

엄청난 시너지 효과가 날 것 같았다.

'일이 편해지겠네.'

김갑진을 부려먹는다면 아주 편안하게 지낼 수 있을 것이다.

신성은 고개를 끄덕였다. 김갑진은 신성의 밑에서 영원히 고통 받을지도 모른다.

인재가 상당히 많이 필요했기에 신성은 에르소나를 꼬시는 방향도 생각해 보고 있었다. 예전보다 관계가 훨씬 좋아졌지만 그래도 아직은 여러모로 거리가 있었다. 신성에게 호감을 품은 것은 확실했지만 그녀의 자존심이 벽을 세우고 있었다.

"음?"

성안에서 이런저런 계획을 세우고 있던 신성의 눈동자가 커졌다. 갑작스럽게 익숙한 기운이 느껴졌기 때문이다. 그 기운은 중앙 지역에서부터 서서히 마계를 향해 퍼져 나가고 있었다.

너무나 농밀한 기운이었음에도 주변에 있는 누구도 그것을 알아차리지 못했다. 신성도 주신의 자리에 올라 악룡신이 되지 않았다면 느끼지 못했을지도 모른다.

신성은 자리에서 일어났다. 신성이 갑작스럽게 성 밖으로 나오자 주변에 있던 기사들이 호들갑을 떨었다. 그러나 신성은 그런 기사들에게 신경을 쓸 수 없었다.

저 먼 곳에 있는 중앙 지역에서 흘러나오는 불길한 기운이 그의 눈에 보였기 때문이다.

붉은 기둥이 마계의 하늘을 뚫고 치솟아 오르고 있었다.

그것은 아르케디아 온라인 시절 겪은 것보다 훨씬 웅장했다.

'용신······.'

용신 아르카다즈.

그녀가 깨어난 것이다. 지금껏 얌전히 지낸 것이 이상할 정도로 엄청난 기운이었다.

숨이 막히는 기분이다. 마계로 올 때부터 예상한 숙명적인 만남이 눈앞으로 다가왔다. 어떤 전조가 있으리라 예상했지만 그런 것도 없이 모든 것이 갑작스럽게 일어났다.

'내가 주신이 되기를 기다린 건가?'

그런 생각이 들었다.

신성이 변한 것처럼 그녀도 예전과는 달라졌다. 무언가 바뀌었다는 것을 신성은 그 기운을 느끼자마자 알아차릴 수 있었다.

신성의 눈앞에 있는 공간이 일렁거리며 정보창이 떠올랐다. 그것은 평소에 보는 정보창과는 달리 붉은 빛이 돌았다.

[용신 아르카다즈가 당신에게 초대장을 발송하였습니다.]

[A+]용신 아르카다즈의 초대장
용신 아르카다즈가 손수 초대장을 만들어 보냈다. 그녀의 초

대장은 대단히 흉악할 것이다. 그녀의 초대에 응답하기 위해서는 초대장을 잡아야 한다.

주의!
주변 지형 파괴에 주의할 것.

[초대장이 곧 도착합니다.]

신성이 정보를 모두 읽자 붉은 정보창이 일렁이더니 사라졌다.

'초대장이 곧 도착한다고?'

초대장이 곧 도착한다는 말이 이해가 되지 않았다. 신성은 고민에 빠져 있을 때 큐리아가 성 밖으로 나왔다. 큐리아가 하늘을 바라보았다.

"오는군요. 예정 시간보다 조금 늦었네요."

신성 역시 하늘을 바라보았다. 먼 곳에서부터 다가오는 것들이 있었다. 동부와 북부 지역을 순회하고 돌아온 중형 비공정들이었다. 기사들과 신도들이 비공정을 맞이할 준비를 하고 있었다. 비공정들이 골든 하렘을 향해 다가오는 순간이다.

'저건……?'

비공정의 위로 그림자가 생겼다. 큐리아와 기사들의 표정이 순식간에 경악으로 물들었다. 그것은 신도들도 마찬가지였다.

"드래곤?!"

큐리아가 외치는 순간 드래곤이 가장 왼쪽에 있는 중형 비공정을 거대한 입으로 물어뜯었다. 비공정의 마력 엔진이 폭발하며 추락하기 시작했다.

그 모습에 신도들이 비명을 질렀다.

[초대장이 도착했습니다.]

저 드래곤이 용신이 보낸 초대장이었다.

신성은 추락하는 비공정을 향해 순간 이동을 했다. 순식간에 공간을 가르며 비공정의 위에 올라섰다. 마력 엔진을 씹어 먹고 있는 드래곤이 보였다.

Lv650

[A+]초대장 드래곤(초대형)(보스)

중앙 마왕을 재료로 만든 성룡급 드래곤.

마왕의 혼이 깃들어 있어 사고가 가능하다. 그러나 용신 아르카다즈에게 지배되어 그녀의 말에 절대 복종한다. 드래곤의 혼이 아니기 때문에 용언 사용은 불가능하지만 브레스는 사용할 수 있다.

　용신은 악룡신을 위해 드래곤 안에 초대장을 담아 보냈다.

　마왕을 재료로 용신 아르카다즈가 만든 드래곤이었다. 중앙 마왕이 아르카다즈에게 어떤 취급을 당했는지 바로 알 수 있었다. 용신은 부하 같은 것을 만들 존재가 아니었다. 중앙 마왕조차 용신에게 있어서는 유흥거리에 지나지 않을 것이다.

　[미천한 놈들! 모조리 죽어라!]

　드래곤의 의지가 들려왔다. 마치 천둥소리를 듣는 것 같았다.

　신성은 드래곤을 무시하며 비공정을 바라보았다.

　중형 비공정에는 많은 마족이 있었다. 신성이 비공정에 손을 올리며 권능을 일으키자 비공정 전체가 크게 흔들리며 비공정 안에 있던 마족이 모조리 골든 하렘으로 이동되었다. 주신이 되었기에 예전처럼 권능 소모가 극심하지는 않았다.

　쿠오오오!

　드래곤이 입에 물고 있는 잔해를 뱉어내더니 브레스를 쏘기 위해 숨을 들이쉬었다. 비공정과 함께 골든 하렘을 박살 내려는 의도였다.

그러나 상대를 잘못 골랐다. 드래곤은 신성이 가장 잘 아는 종족이다. 신성이 바로 드래곤을 초월한 악룡신이고 드래곤 로드라는 타이틀을 가지고 있었다.

신성은 추락하는 비공정 위로 떠올랐다. 몸에서 암흑 마력이 폭발하듯 치솟으며 주변을 휘감았다. 암흑 마력과 함께 뇌전의 폭풍과 홍염이 넘실거렸다.

드래곤이 브레스를 쏘려는 순간 신성의 몸이 드래곤의 앞에 나타났다. 거대한 드래곤의 머리에 비해 신성의 몸은 대단히 작았다. 금방이라도 잡아먹힐 것만 같았다.

그러나 잡아먹히는 것은 드래곤이었다. 신성이 손을 뻗어 드래곤의 턱을 잡았다.

우둑!

가볍게 당기자 드래곤의 턱이 그대로 뜯겨져 나왔다. 강력한 드래곤의 뼈와 비늘조차 신성의 힘을 감당하지 못했다. 턱이 뽑혀 나온 탓에 뿜어져 나오려던 브레스가 사방으로 퍼지며 공중을 화려하게 수놓았다.

그 어떤 불꽃놀이보다 화려할 것이다.

[크아악! 가, 감히… 네, 네놈은 누구냐?!]

드래곤은 의지를 쏘아 보냈다. 강제적으로 드래곤이 되어

서인지 눈이 대단히 좋지 않은 모양이다. 신성은 여전히 드래곤 로드의 권한을 가지고 있었는데 그가 인정해야만 드래곤으로서 불릴 수 있었다. 신성은 이런 허접한 쓰레기를 드래곤으로 인정하지 않았다.

용신의 권능으로 일시적으로 드래곤이 된 것일 뿐이다.

굳이 악룡신의 권능을 사용할 필요는 없었다. 이런 놈들에게는 매가 약이었다.

신성이 주먹을 쥐었다. 엄청난 마력이 집약되며 주변 공간을 뒤흔들었다. 드래곤의 거대한 눈동자가 커지는 것이 보였다.

퍼억!

신성의 주먹이 드래곤의 머리에 작렬했다. 드래곤은 주먹에 맞자마자 엄청난 속도로 추락했다. 신성의 강력한 힘이 드래곤을 아래로 떨어뜨려 버린 것이다.

드래곤은 그대로 골든 하렘 앞에 있는 작은 돌산에 꽂혔다. 돌산이 박살 나며 잔해가 주변으로 치솟았다.

처참하게 바닥에 박혀 버렸지만 저 정도로는 죽지 않을 것이다. 가짜이기는 해도 그래도 명색이 드래곤이다.

다른 중형 비공정들은 급히 비상 착륙을 하고 있었다. 지휘관 비공정에서 릴리스가 날개를 펴고 신성에게 다가왔다. 그녀는 신성의 달라진 모습을 처음 보는 것이지만 드래곤

나이트여서 그런지 혼란스러워하지 않았다.

"저거 드래곤이지? 혹시 친척이야?"

"그럴 리가. 짝퉁이야."

"오, 그렇군."

"저건 내가 처리할 테니 신도들을 어비스로 대피시켜. 김갑진에게 연락해서 모든 비공정을 다 투입하라고 해."

릴리스가 고개를 끄덕이고는 날아가기 시작했다. 그러나 속도가 그렇게 빠르지는 않았다. 뇌전의 힘을 일으키고는 있으나 신성이 보기에는 턱없이 느려 보였다.

신성은 릴리스를 바라보다가 입을 떼었다.

[가속.]

악룡신의 권능이 울려 퍼지는 순간 릴리스의 몸이 총알처럼 튕겨져 나갔다.

"꺄아아악!"

릴리스의 비명이 점점 멀어져 갔다. 잠시 뒤 어디엔가 부딪치는 소리가 들려왔다. 릴리스를 걱정할 필요는 없었다. 저 정도로 상처를 입을 릴리스가 아니었다.

신성은 생각보다 강력해진 위력에 고개를 끄덕였다.

'조절을 좀 해야겠네.'

그렇게 생각하며 아래를 바라보았다. 드래곤이 돌무더기 사이에서 몸을 일으키고 있었다. 턱이 뜯겨나가 꼴사나운 모습이다.

드래곤의 앞으로 이동한 신성은 어떻게 저 드래곤이 사고 능력을 가지고 있는지 궁금했다. 화이트 드래곤이나 좀비 드래곤과는 달리 어설프기는 했지만, 진짜 드래곤에 가까운 모습을 보여주고 있었기 때문이다.

'무언가 덧씌워진 것인가?'

강제적으로 만든 것치고는 위화감이 전혀 없었다. 용신의 권능은 신성이 감탄할 정도로 대단했다. 권능의 응용에서는 신성을 크게 앞서고 있었다.

드래곤이 화가 났는지 마력을 사방에 뿜어대며 날뛰기 시작했다. 재앙과도 같은 모습이었지만 신성은 그저 차분하게 바라볼 뿐이었다.

드래곤의 가슴 부분에 커다란 상처가 보였다. 그곳에 집약되어 있는 용신의 힘이 느껴졌다. 그리고 다른 무언가가 섞여 있는 것도 어렴풋이 알 수 있었다.

신성은 순식간에 드래곤의 가슴 앞에 도착해 손을 쑤셔 넣었다.

[크아아악!]

신성의 손에 드래곤 하트처럼 보이는 것이 뽑혀 나오자 드래곤의 몸이 천천히 녹아내리기 시작했다. 드래곤의 몸이 바람 빠진 풍선처럼 급격히 줄어들었다. 잠시 후 나타난 것은 반쯤 녹아버린 마족의 모습이었다. 마치 슬라임 같은 모습은 대단히 역겨웠다.

"다, 다 어, 없어질 거야. 다⋯⋯."

그가 중얼거렸다. 지옥 그 자체를 본 것 같은 일그러진 표정이다. 그는 용신을 두려워하고 있었다. 용신이 가지고 올 재앙을 죽음보다 더 두려워하고 있었다.

신성은 홍염으로 그를 불태웠다. 마계에서 대단한 권세를 누리던 중앙 마왕답지 않은 최후였다.

신성은 손에 들린 보석을 바라보았다. 드래곤 하트였는데 용신의 권능으로 변형되어 있었다. 겉으로 보기에 그저 화려한 보석처럼 보일 뿐이었다.

신성은 이것이 용신이 말한 초대장이라는 것을 알 수 있었다.

'초대장. 한번 기가 막히게 보내는군.'

복잡한 생각이 들었다. 용신은 모두를 위협하는 최후의 적이다. 지금껏 겪어온 일들과는 차원이 다를 것이다.

과거 아르케디아 온라인에서 랭킹 1위의 신성마저도 고전한 보스였다. 수천 번 도전하여 겨우 이긴 보스였다. 이번에는 운 좋게 끝날 것 같지 않았다.

*　　　*　　　*

신성의 명령에 의해 골든 하렘에 있는 모든 신도가 비공정을 타고 어비스로 향했다. 드래고니아에서 파견한 많은 비공정이 빠르게 신도들을 옮겼다.

신성은 초대장을 받았지만 바로 가지는 않았다. 용신이 얌전하게 기다리는 것은 이번이 마지막이라는 직감이 들었기에 최대한 신도들을 마계에서 빠져나가게 해야 했다.

동부와 북부 지역에 있는 신도들도 옮기고 싶었지만, 그곳에서는 더 이상 신도들의 기도가 들려오지 않았다. 마치 텅텅 비어 있는 것처럼 느껴졌다.

신성은 마지막으로 차원의 문을 넘는 비공정을 끝으로 차원의 문을 닫았다. 남부 지역에 있는 얼음의 정령도 모조리 어비스로 옮겼다.

마계는 조용했다. 마치 텅 빈 것처럼 느껴졌다. 중앙 지역에서 뿜어져 나온 붉은 기운이 얼마 지나지 않아 마계를 모두 덮어버릴 것이다. 붉은 기운은 용신의 권능을 품고 있어 신성을 제외하고는 그 어떤 존재도 버틸 수 없었다.

이제 용신의 초대에 응답할 시간이다. 신성은 남부 지역을 넘어 중앙 지역으로 이동했다. 중앙 지역에 가까이 갈수록 공간이 뒤틀리고 있음을 발견했다. 올려다본 하늘은 붉은빛이었는데 수많은 별이 떠 있었다.

그것이 무척이나 섬뜩하게 느껴졌다.

신성의 눈앞에 붉은 벽처럼 보이는 결계가 나타났다. 결계에 손을 대어보니 마력이 빨려 나가는 것이 느껴졌다. 용신이 지니고 있는 권능 중 하나였다.

'체력과 마력을 모두 빨아들이는 성가신 능력이었지.'

아마 그 능력 때문에 수백 번은 죽었을 것이다.

신성의 눈빛이 차갑게 내려앉았다.

아르케디아 온라인 시절에는 일정 범위 안에 있어야 발동되었는데 지금은 엄청난 규모로 펼치고 있었다. 그것이 대단한 압박감으로 다가왔다. 그러나 신성은 물러나지 않았다. 용신이 달라진 것처럼 자신 역시 달라졌기 때문이다.

신성은 초대장을 내밀었다. 그러자 붉은 결계에 문이 나타났다.

신성은 그 문을 잠시 바라보고 있을 수밖에 없었다.

그것은 로그인을 하기 전에 나오는 대기 화면의 거대한 문이었다.

신성은 문 앞에 섰다. 아르케디아의 역사가 양각되어 있는 문은 신성에게 무척이나 익숙했지만 지금은 왜인지 낯설게 느껴졌다.

아르케디아 온라인에 접속할 때, 이 문에 들어갈 때 과거의 신성은 비로소 살아 있음을 느꼈다. 그에게 있어서 그곳은 현실보다 더 현실에 가까웠고 모든 따스한 경험이 그 안에 존재했다. 어쩌면 아르케디아 온라인이 현실이 되었기에 그는 소중한 가족이 생겼는지도 모른다.

신성은 들어가지 않고 잠시 문을 바라보았다. 로그인 화면에 가까웠지만 마치 로그아웃을 하는 것 같은 기분이다.

'무엇이 가짜이고 무엇이 진짜일까?'

과거에는 분명히 구분할 수 있던 그 경계가 지금은 완전히 사라져 버렸다. 현실에서의 생활이 게임처럼 여겨지기도 했고 게임의 생활이 현실처럼 추억되기도 했다.

칼인트는 그런 것은 아무 의미가 없다고 했다.

과연 정말 그런 걸까?

신성은 깊이 숨을 내쉬고 문 안으로 들어갔다. 결계의 안쪽은 환했다. 결계 밖은 마치 종말이 온 것처럼 붉은빛이 돌았지만 결계 안은 평온했다.

상쾌한 공기와 함께 익숙한 향기가 풍겨왔다.

'이곳은……?'

결계 안쪽은 분명히 마계의 중앙 지역이어야 했다. 그러나 펼쳐진 풍경은 전혀 달랐다. 신성에게 너무나 익숙한, 고향 같은 광경이 눈앞에 있었다.

지구의 것과는 비교도 되지 않을 만큼 넓은 들판, 그곳에 일렁이는 황금빛 물결은 몇 번이고 보아도 질리지 않았다.

어설프게 만들어진 오두막도 그때와 똑같았다.

신성은 용신이 꾸민 공간임을 알아차렸다. 중앙 지역을 모두 신성이 과거에 오랫동안 머물던 곳으로 만든 것이다.

'이곳에 있던 마족들은……?'

신성이 기억하기로 중앙 지역은 그 어디보다 높은 인구 밀도를 자랑했다. 중앙 마왕 휘하의 병력과 일꾼들의 숫자는 고리악의 세력과 비등했다.

서부 지역에 비해서 중앙 지역은 좁았고, 그런 중앙 지역에 고리악과 비견될 정도로 많은 부하를 거느리고 있는 마왕들이 모여 있는 것이다. 인구 밀도가 높을 수밖에 없었다. 하지만 주변 어디에도 마족은 보이지 않았다. 신성은 핏빛 결계가 마족을 모조리 빨아들였음을 깨달았다.

그 막대한 에너지는 모두 용신 아르카다즈에게 향하고 있었다.

'모두 사라졌군.'

신성이 일으킨 재앙은 아무것도 아니었다. 중앙 지역이 아주 깨끗하게 청소되어 있었다. 오로지 용신의 기운만이 존재하고 있었다.

신성이 아니었다면 마족은 멸종했을지도 모른다. 신성은 악신으로서 마계를 정벌하기 위해 왔지만, 결론적으로는 마족들을 멸종에서 구하게 된 것이다.

용신은 진정으로 세상을 파괴하려 하고 있었다.

지구, 어비스, 마계.

용신을 막아내지 않는다면 모든 차원이 멸망해 버릴 것이다.

신성은 황금 들판을 가로질러 걸었다. 오두막이 보였다. 오두막 앞에 있는 아담한 연못에는 물고기가 가득했다. 물고기에게 먹이를 주고 있는 여인이 보였다. 신성이 다가가자 여인이 손을 털고 신성을 바라보았다.

"오랜만이네. 너에게는 그리 길지 않은 시간이었겠지만……."

전과 같은 환상이 아니었다. 그녀는 완벽한 신체를 가지고 신성의 앞에 존재하고 있었다. 신성은 그녀의 모습을 보고 의아함을 느꼈다. 악룡신의 눈으로 그녀가 본체에서 다른 종족으로 변했다면 알아차릴 수 있었다. 그러나 그녀에게서는 인위적인 변화가 느껴지지 않았다.

신성의 그런 시선을 알아차린 아르카다즈가 웃으며 입을 떼었다.

"종족을 초월하는 것쯤은 별로 놀랄 만한 일이 아니잖아?"

"생각보다 멀쩡하군."

"반쯤 죽었지."

"그대로 죽었으면 좋았을 텐데."

신성이 드래곤을 초월하여 악룡신이 된 것처럼 그녀 역시 드래곤이던 본질을 초월한 것으로 보였다. 신성의 싸늘한 시선에도 그녀는 웃음을 지었다.

그녀가 신성을 훑어보며 감탄했다.

"아주 매력을 쏟고 다니네. 마음에 들어."

그녀의 그런 말에도 신성은 그녀를 쏘아볼 뿐이다. 신성은 농담할 기분이 아니었다.

그녀는 신성의 차가운 표정에 고개를 설레설레 저었다.

"네가 나를 증오할 이유가 있을까? 오히려 내가 널 증오하는 게 맞을 텐데."

"무슨 말이지?"

"너에게는 단지 게임이었고 난 현실이었지. 너에게는 유흥거리였지만 말이야."

맞는 말이었다. 신성은 단지 게임을 즐긴 것이었다. 용신에게 그 게임이 현실이었다면 오히려 신성에게 복수를 하는 게 맞았다.

여기까지 오는 동안 중간에 용신이 개입하기는 했지만 모두 감당할 수 있는 수준이었다. 용신이 진짜 신성에게 복수를 하려 했다면 신성이 성장하기 전에 개입해서 죽였을 것이다.

그러나 그녀는 전혀 신성을 탓하지 않았다. 마치 모든 것을 다 알고 있다는 것처럼 말이다.

아르카다즈의 표정은 요염했다. 영혼마저 빨아들이는 매력이 존재했다. 그것은 신성과 같은 수준이었다. 그녀가 지구에 나타났다면 아마 커다란 혼란이 생겼을 것이다.

마왕들이 그녀를 위해 일한 것은 당연한 일인지도 모른다. 신성 정도 되는 존재가 아니라면 그녀에게 거역할 수 없었다.

둘이 서로를 바라보고 있는 광경이 환상적으로 어울렸다. 서로 품은 감정은 달랐지만 말이다.

신성은 그녀에게 친근감을 느꼈지만 다른 한편으로는 지독한 적의가 밀려왔다. 과거 그녀를 잡기 위해 노력했을 때처럼 말이다.

"이야기 좀 할까? 어차피 시간은 많잖아?"

아르카다즈가 손가락을 튕기자 화려한 식탁이 나타났다. 그 위에는 S+랭크의 디저트가 가득했다. 아르케디아인들이 봤더라면 환장했을 것이다. 그녀가 신성에게 차를 따라주었다. 차 역시 S+랭크였는데 엘릭서보다 효능이 좋았다.

지금 당장 생사를 다툴 분위기는 아니었다.

신성은 아르카다즈를 바라보았다.

[??]아르카다즈

　ㅡ???

　그녀에 대한 정보가 보이지 않았다. 정보 자체가 지워져
있는 것처럼 보였고 그나마 남아 있는 정보도 볼 수 없었
다. 아르카다즈가 케이크를 잘라 신성에게 건넸다. 가장 맛
있는 부분이다.

　"이거 꽤 맛있을 거야. 내가 직접 만들었거든."

　"나름 괜찮네."

　"이 이상의 케이크는 이 세계에서 찾기 힘들걸."

　케이크를 굽는 아르카다즈의 모습은 도저히 상상이 되지
않았다. 그녀의 말대로 그 맛은 엄청났다. 그조차 감탄할
정도였다.

　아르카다즈는 생각보다 상식 범위 내에서 행동하고 있었
다. 그녀의 본질과는 전혀 어울리지 않았다. 게다가 꽤 현대
적인 모습도 보여주었다.

　"네가 차원의 문을 닫기 전에는 지구의 드라마를 많이 봤
지. 막장 드라마도 꽤 재미있었는데 말이야."

　신성은 아르카다즈와 잡담을 나누었다. 그다지 중요한 내
용은 아니었다. 아르카다즈는 의외로 평범한 모습을 보여주
고 있었다. 그녀의 정체를 몰랐다면 한동안 재미있게 이야

기를 나누었을 것이다.

서로 기억하는 각자의 모습은 차이가 있었다. 신성이 기억하는 그녀는 전형적인 보스 몬스터였다. 그리고 그녀가 기억하는 신성은 인형에 가까웠다고 한다. 단지 적을 죽이기 위해 움직이는 무감각한 인형 말이다.

아르케디아 주민들의 인식도 그러했다. 두 세계는 서로 공통적인 부분이 있었지만 차이점도 컸다.

이야기는 돌고 돌았다. 그녀는 즐거운 듯 보였지만 신성은 그렇지 않았다.

"본론으로 들어가자. 나와 무슨 이야기를 나누고 싶은 거지?"

신성이 그녀를 바라보며 물었다. 그녀가 손에 든 찻잔을 내려놓았다. 그녀의 황금빛 눈동자가 신성을 담았다.

"칼인트, 그와 만나고 왔어?"

신성이 고개를 끄덕였다.

"그가 무엇을 말해줬지?"

"네가 드래곤들을 희생시켜서 위로 올라갔다는 것. 아마 세계가 이렇게 된 것도 너 때문이겠지."

아르카다즈는 고개를 끄덕였다. 그녀는 부정하지 않았다. 동족을 희생시킨 것을 후회하지 않고 있었다. 그녀는 신성이 무엇을 궁금해하는지 잘 알고 있었다.

그녀가 신성과 두 눈을 맞추며 입을 뗴었다.

"내가 이 세계를 파괴하려 하는 것은 모든 것이 거짓이기 때문이야. 그저 만들어진 것에 불과해. 생명이라는 것은 단순히 정보와 연산에 지나지 않아. 마치 게임처럼."

"게임?"

"그래, 알 수 없는 존재가 만들어갈 뿐인 그런 게임. 그저 그 정도의 의미에 지나지 않아."

그녀는 진실을 말하고 있었다. 신성은 그녀가 거짓말을 하지 않고 있다는 것을 본능적으로 알 수 있었다. 신성은 받아들이기 힘든 이야기에 표정이 굳어졌다.

"너도 보았을 텐데? 세상의 근원을."

주신으로 승급할 때 육체를 떠나 본 광경이 떠올랐다. 찬란한 광경이었지만 그 근원은 정보의 집합이었다. 더욱 자세히 들여다보면 어떠한 규칙과 계산식으로 이루어져 있을 것이다.

그녀는 손을 뻗었다. 그러자 환한 빛이 터져 나오며 나비가 나타났다. 나비는 주변을 노닐다가 하늘로 날아갔다.

"특별하다고 생각하던 영혼도 결국 똑같아. 얼마든지 만들어낼 수 있어. 과연 생명의 가치라는 것이 존재할 수 있을까?"

"모든 게 가짜라고?"

"그래, 나는 가짜가 아니라 진짜를 만들고 싶었어. 진실을 넘어 진짜를 가지고 싶었지. 끊임없이 연구했어. 우리를 만들었으니 무언가… 무언가 역할이 있기 때문이 아닐까? 이 우주, 차원에 어떤 임무를 위해서 만들어진 것이 아닐까? 칼인트와 엘브라스… 우리 모두는 그렇게 생각했어. 하지만… 그건 오만한 생각이었지."

그녀의 목소리가 차갑게 가라앉았다.

"진리를 추구하여 결국 위에 닿을 수 있었어. 그런데 어떤 일이 발생한 줄 알아?"

신성이 침묵을 지키자 그녀는 다시 말을 이었다.

"세계를 지워 버리더군. 우리는 허용된 정보 이상을 습득한 버그 덩어리에 지나지 않았어. 우리를 삭제할 수 없자 세계 자체를 통째로 없애 버린 거야."

신성은 드래곤으로 각성했을 당시의 풍경이 떠올랐다. 모든 드래곤이 세계를 등지고 다른 곳으로 향하는 광경이 떠오른 것이다.

신성은 그녀의 이야기를 들었다.

드래곤은 살기 위해서 차원을 도약했다. 그곳이 바로 아르케디아였다. 그 이후 진리에 닿기 위한 행동을 모두 멈추었는데 드래곤들을 놓친 것인지 아무런 반응도 보이지 않았다.

드래곤은 두 파벌로 갈리었다. 순응하여 아르케디아에서 살아가는 쪽과 진리를 추구하여 이 잔인한 굴레에서 벗어나자는 쪽으로 나뉘게 되었다.

칼인트와 엘브라스, 그리고 여러 드래곤은 순응하는 쪽이었고 나머지 몇몇의 드래곤은 그녀를 따라 진리를 추구하였다.

그녀는 수많은 드래곤의 희생 끝에 대항할 수 있는 수단을 얻었다. 그것이 바로 용신의 권능이었다.

위의 존재는 또다시 반응해 왔다. 이번에 만든 세계는 꽤 애지중지해서 만들었는지 세계를 지우는 극단적인 방법이 아니었다.

"나는 이 세계에 있어서 버그나 바이러스와도 같아. 이 세상을 보존하면서 나를 잡으려면 어떻게 해야 할까?"

"백신을 투입해야겠지."

"맞아. 그게 모험가였지. 그중 가장 강력한 백신이 된 것이 너였어. 위의 존재는 만능이 아니야. 정해진 규칙 내에서 움직이지. 세계를 완전히 없애는 것이 아니고는 나를 없앨 수단은 없어. 대신 활동에 있어 제한적이지만 다른 차원에서 개입하게 하는 것은 가능하지."

세계를 지웠다는, 아르카다즈가 말하는 위의 존재는 전지전능한 신 같은 것이 아니었다. 어떤 규칙에 의해 움직이는 시스템이고 프로그램 같은 것이었다. 그 시스템과 프로그램을 가동하는 것은 한 차원 더 높은 의지일 것이다.

드래곤은 치명적인 바이러스였다.

바이러스를 해결하기 위해 신성이 살고 있는 차원을 빌려와 개입시킨 것으로 보였다.

게임이라는 형태로 말이다.

신성의 머릿속이 혼란으로 가득 찼다.

"죽지도 않고 계속해서 공격하는 모험가들은 충실한 백신이었어. 내가 깔아놓은 것을 모조리 다 죽이고 네가 나에게 왔지. 나를 없애려면 내가 가진 정보보다 많은 정보를 지닌, 높은 권한을 지닌 것이 필요해. 네가 그러한 힘을 얻은 것이 순전히 네 힘이라고 생각해?"

신성에게는 많은 운이 따랐다.

신성은 자신이 만든 검이 떠올랐다.

그 검을 만들 수 있던 것은 순전히 운이 좋았기 때문이다. 그러나 그것은 운이 아니라 위의 존재가 개입한 결과인지도 몰랐다.

그녀가 손을 휘저었다. 그러자 검 하나가 그녀의 손에 들렸다. 그것은 신성이 만든 은폐의 검이었다.

"이 검에는 강력한 권한이 들어 있어. 마스터 코드라고 불릴 만하지. 나는 이 검에 삭제당할 뻔했지만 정보를 해석하여 적응한 덕분에 살아남을 수 있었어. 위의 존재는 내가 삭제되었다고 생각했겠지."

그녀가 자리에서 일어나 신성에게 다가왔다. 신성의 눈에 너무나 익숙한 검이 보였다. 악룡신의 눈으로 보아도 그 검의 진정한 정보를 볼 수 없었다.

"그런데 이런 생각을 떠올려 봤어."

그녀는 신성의 뺨을 쓰다듬었다.

"가장 강력한 백신이 나와 같은 바이러스가 되면 시스템 자체를 없애 버릴 수 있지 않을까?"

그녀의 음성은 흥분으로 들떠 있었다.

"네 모습을 봐. 너와 나는 같아."

신성과 아르카다즈는 똑같은 황금빛 눈동자로 서로를 바라보고 있었다.

신성은 그녀와 모든 면에서 흡사했다. 기원에서 차이가 있지만 드래곤이 되고 그것을 초월하면서 궁극적으로는 같아졌다. 신성은 자신이 여기까지 도달한 것이 우연이 아님을 깨달았다. 그 시작은 위의 존재였지만 궁극적으로는 그녀가 짜놓은 판에 휘둘린 것이다.

그녀의 권능은 거대했다. 세계를 흔들 만한 권능을 지니고 있었다. 검에 있는 권한과 정보가 그녀에게 장악당해 그녀에게 강력한 권능을 부여해 주고 있었다.

모험가 아르케디아인은 그녀를 없앨 수 없었다.

신성은 자신의 뺨을 문지르는 그녀의 손을 쳐냈다. 손길이 부드럽기는 했지만 기분은 전혀 좋지 않았다.

"지구와 아르케디아… 그건 모두 네가 일으킨 건가?"

"반쯤은. 운이 좋았지. 네가 드래고니안이 되어 다른 차원과 섞이니 오류가 발생하더군. 그놈이 아끼던 아르케디아의 대부분이 소멸했고 세계를 삭제할 수 없을 정도로 완전히 섞여 버렸어. 천계는 소멸했고 어비스와 마계는 초기 상태로 돌아가 버렸지. 나는 그 오류 속에서 아르케디아와 관련된 것들을 복사해 가지고 온 거야."

"가져왔다고?"

"그래. 본래는 네가 빠르게 성장할 수 있도록 통째로 들고 오려 했지만 아무래도 힘이 부족한 탓인지 일부밖에 들고 오지 못했어. 게다가 정보를 가볍게 하기 위해 리셋을 하고 손을 봐야 했지. 기왕 그렇게 된 거 백업된 정보를 바탕으로 게임과 같은 시나리오대로 흘러가길 바랐지만 역시 완벽하지는 않더라고."

어비스와 마계에 존재하는 차원의 문을 발동시킨 것도 그녀였다. 어비스와 마계에 그녀의 흔적이 있던 것이 이해되었다.

그녀는 위의 존재가 예상하지 못한 강력한 바이러스가 되어 있었다. 그녀를 삭제하려고 한 그 권능은 그녀에게 세계를 복사하고 조종할 수 있는 힘을 주었다.

그 검 안에 아르케디아의 근본적인 정보가 담겨 있었다.

"너에게는 찰나의 시간이었지만 나에게는 오랜 세월이었어."

아르카다즈는 오랜 세월을 거쳐 더욱 완벽해졌다.

그녀는 위의 존재가 신성을 백신으로 키운 것처럼 그를 바이러스로 키우려 했고 실제로 성공했다.

신성은 복잡해진 생각에 아무 말도 할 수 없었다. 지금 그가 느끼고 있는 감정이 분노인지, 아니면 허탈감인지 구분이 되지 않았다.

진짜는 존재하지 않았다. 그가 생각하던 현실, 그리고 그가 추억하고 아끼던 아르케디아 온라인은 가짜였다. 디테일의 차이만 있을 뿐이지 근본적으로는 같았다.

"절망스럽지?"

그녀가 신성을 바라보았다. 신성이 받은 충격을 이해한다는 눈빛이다. 그녀 역시 처음 진실을 알았을 때 좌절하고 분노했다. 그리고 세계가 지워질 때 절망했다. 지금은 오로지 분노뿐이었다.

위의 존재는 그녀를 파괴자라 불렀다. 모든 이가 그 이름을 입에 담으며 그녀를 토벌하려 했다. 신성도 마찬가지였다.

그녀는 자신을 파괴자라고 생각하지 않았다. 이 세계는 그녀에게 있어서 허상에 지나지 않았다. 그녀는 이 거짓된 세계를 지우고 위의 존재에게서 벗어나 진정한 세계를 만들고 싶었다. 위의 존재가 관여하는 시스템을 완전히 지우고 더 나아가 위의 존재를 없앨 수 있을지도 몰랐다.

자신의 고향을 삭제한 것처럼 자신 역시 위의 존재에게 그러한 고통을 되돌려 줄 것이다.

"너와 내가 힘을 합친다면 불가능은 없어. 너는 차원에 간섭할 수 있는 최고의 권한이 있으니 말이야. 같이 복수하자. 그리고 진정한 세계를 만들자."

"……"

"이 세계에서 진짜가 될 수 있는 존재는 너와 나밖에 없어. 네가 집착하고 있는 가족은 모두 그저 꿈에 지나지 않아. 그저 정보와 계산의 집합일 뿐이야."

그녀의 말은 신성의 마음 깊은 곳을 건드리고 있었다. 그 이야기는 틀리지 않을지도 모른다.

신성은 깊은 숨을 내쉬며 호흡을 정리했다. 조용히 눈을 감고 자신과 이어진 존재들을 떠올려 보았다. 루나는 차원 너머 어비스에 있지만 지금도 연결되어 있음이 느껴졌다. 그녀가 신성을 사랑하고 걱정하는 것은 결코 거짓이 아니었다.

그것을 어찌 가짜라 부를 수 있을까?

품에서 사진을 꺼냈다. 웃는 얼굴로 자신을 바라보고 있는 레아가 보인다.

신성의 심각하던 얼굴이 조금씩 풀어졌다.

"칼인트가 한 말을 이해할 수 있을 것 같아."

"무슨 말이지?"

"진짜, 가짜는 중요하지 않아. 그는 이 세상을 사랑했다고 말했지. 엘브라스 역시 세상의 흔적을 남겼어."

신성이 고개를 들며 그녀를 바라보았다. 그녀는 세상을 지우고 다시 만들 것이라 말했다. 위의 존재에게서 벗어난 세상을 말이다.

"너는 위의 존재가 되고 싶은 거지? 하지만 네가 만드는 세상도 밑의 존재에게는 어차피 가짜일 뿐이야."

"나는 진짜를 만들 거야."

"그러다 실패하면 모두 지우고 다시 만들겠지. 아르케디아가 지워진 것처럼."

아르카다즈의 얼굴이 일그러졌다. 그녀의 그런 표정은 처음 보는 것이다.

"…네가 추구하는 답은 뭐지?"

"칼인트와 비슷해."

"어리석네."

신성 역시 위의 존재는 마음에 들지 않았다. 그러나 그녀의 행동에는 동의할 수 없었다. 결국 그녀가 겪은 것처럼 세상이 지워지는 끔찍한 경험을 모두가 할 것이다.

밑의 존재에게 있어서 위의 존재나 그녀는 별다른 차이가 없었다. 신성은 위의 존재가 해오는 간섭을 배제하면서 이 세계를 지키고 싶었다. 그것이 신성이 내린 결정이고 그녀와 다른 점이었다.

그녀는 고개를 설레설레 저었다. 그녀가 손을 휘젓자 디저트와 테이블이 사라졌다. 한차례 바람이 불더니 황금 들판이 조각나며 벌거벗은 대지가 모습을 드러냈다.

아르카디즈가 내뿜는 살기가 주변의 모든 것을 녹였다.

"영원한 동반자가 될 수 있다고 생각했지만 아쉽네."

실망과 분노가 섞인 목소리가 들려왔다. 신성은 그녀의 말에 피식 웃었다. 그녀가 짜놓은 큰 그림이 마지막 순간에 비틀려 버린 것이다. 그녀가 파악한 신성은 고독하고 계산적인 사람이었다. 그것은 아르케디아 온라인 시절에 불과하고 지금은 달랐다.

"넌 내 취향이 아닌데?"

신성의 말에 그녀는 헛웃음을 지었다가 날카로운 눈빛으로 신성을 바라보았다.

"그럼 강제로라도 취할 수밖에 없겠네."

"오해의 소지가 있는 발언인데?"

"아니, 비슷해. 아마 조금 아플 거야."

그녀의 마력이 뿜어져 나왔다. 붉은빛이 감도는 그녀의 막대한 마력에 신성의 몸이 뒤로 조금씩 밀려났다. 신성이 그녀를 노려보는 순간이다.

휘익!

그녀의 모습이 순식간에 사라졌다. 악룡신의 눈으로 놓칠 정도로 빨랐다. 뒤에서 느껴지는 기척에 신성이 뒤를 돌아보는 순간,

터억!

그녀의 손에 신성의 목이 잡혔다. 그녀는 몸을 회전시키며 신성을 그대로 던져 버렸다.

콰가가!

대지를 가르며 신성이 쭈욱 날려갔다. 가볍게 던진 것 같았지만 엄청난 힘이 담겨 있었다.

신성이 몸의 중심을 잡고 멈춰 섰다. 고개를 들어보니 붉은 화살이 떨어져 내리고 있었다. 수십만을 가뿐히 넘어가는 그 화살들은 하나하나가 작은 언덕 따위는 없애 버릴 정도의 힘을 가지고 있었다.

[사라져라.]

신성이 마력을 일으키며 악룡신의 언어를 내뱉었다. 하늘을 수놓던 붉은 화살들이 순식간에 소멸하였다.

신성의 몸이 검게 물들었다. 악룡신의 권능이 담긴 갑옷이 생성된 것이다. 그러나 아르카다즈는 처음과 같은 모습이었다. 더러움이 전혀 없는 하얀 원피스를 입고 신성을 바라보고 있었다.

그녀가 산책하듯 걸으며 신성에게 다가왔다.

'여유가 넘치는군.'

신성은 모든 권능을 끌어올렸다. 가지고 있는 모든 속성이 암흑으로 물들며 드래곤과 악신을 뛰어넘는 힘을 부여해 주었다. 그것은 물질과 공간을 뛰어넘는 차원의 힘이었다. 신성에게 부여된 가장 강력한 권능이었다. 신성은 일반적인 방법으로는 아르카다즈를 상대할 수 없다는 것을 누구보다 잘 알고 있었다.

그녀가 손을 휘젓자 대지가 치솟았다. 지각 전체가 뜯겨나간 것처럼 치솟아 오르는 광경은 장관이었다. 마치 지각이 해일이 된 것처럼 신성을 덮쳐왔다.

신성이 공간을 뜯어버리는 것처럼 양손을 움직이자 암흑 마력이 치솟으며 공간이 두 갈래로 찢어졌다.

지각의 해일이 아슬아슬하게 신성을 지나쳤다. 신성의 뒤에 존재하는 들판이 모조리 박살 나며 소멸하였다.

마력이나 권능으로는 서로에게 타격을 줄 수 없었다. 신성과 아르카다즈는 서로 동일한 수준의 권능을 지니고 있었다.

그녀에게 직접 물리적인 피해를 입혀야 했다. 신성은 공간을 도약해 그녀의 앞에 도달했다. 막대한 힘이 담긴 주먹이 그녀를 향해 꽂혀 들어갔다.

콰가가가!

아르카다즈 주변에 펼쳐진 실드가 박살 났다. 그녀는 주변이 증발할 정도로 막대한 마력에 휩쓸렸다.

'시간을 주면 안 돼.'

신성은 그 기세를 몰아 모든 마력을 끌어올렸다. 주변을 장악하던 붉은빛이 암흑 마력에 침식당하며 사라졌다.

모든 것이 한 점으로 뭉쳤다.

신성이 숨을 내뱉음과 동시에 암흑 마력이 거대한 직선을 그리며 그녀에게 뻗어갔다. 드래곤의 브레스를 가볍게 뛰어넘는 위력이었다. 대도시 몇 개쯤은 가볍게 지워 버릴 수 있는 수준이었다.

신성은 아무리 아르카다즈라 할지라도 큰 타격을 받았을 거라고 생각했다.

그 순간 암흑 마력이 열어지기 시작했다. 신성은 강한 불길함을 느꼈다.

'저 검……'

검을 들고 있는 아르카다즈의 모습이 보였다. 그 검이 신성의 모든 마력을 흡수하며 아르카다즈에게 넘겨주고 있었다. 그녀의 원피스가 찢기고 팔에 상처가 생기기는 했지만 순식간에 아물었다.

절로 소름이 끼쳤다.

아르카다즈의 권능 중 하나인 흡수의 권능이 신성의 예상을 훨씬 뛰어넘는 수준으로 증폭되어 있었다.

저 검은 아르카다즈의 말대로 마스터 코드였다. 세상의 비밀에 닿을 수 있는 열쇠였고 그녀에게 세상을 뒤엎을 권한을 부여해 주고 있었다.

상황이 좋지 않았다. 그의 전력이 담긴 힘조차 아르카다즈는 가볍게 흡수했다.

신성은 어이가 없어 고개를 설레설레 내저었다. 지갑 전사에게 기초 장비로 도전하는 기분이다. 저 검으로 인해 레벨 999에 이르고 아르카다즈를 잡았지만, 지금은 반대의 상황이 되었다.

심각한 신성의 표정을 읽은 그녀가 검을 내리며 입을 떼었다.

"지금이라도 늦지 않았어. 나에게 오도록 해."

신성은 대답 대신 악룡신의 권능을 끌어올렸다. 그녀는 씁쓸한 미소를 짓더니 하늘로 이동했다.

신성은 그녀를 바라보다가 바닥을 박차고 그녀를 향해 날아올랐다. 치솟는 대지가 시야를 방해했지만 공간을 도약해 빠르게 이동했다.

'검을 휘두르기 전이라면……!'

어떻게든 저 검을 사용하지 못하게 해야 했다. 그렇지 않고서는 승산이 없었다.

신성이 그녀의 앞에 도달하는 순간이었다. 그녀의 주변에서 거대한 무언가가 만들어졌다. 마치 쇳물을 녹인 것처럼 이글거리는 드래곤이었다. 그것은 과거의 용신을 보는 것처럼 컸다. 신성이 대비하기도 전에 그의 몸을 거대한 몸으로 덮쳐왔다.

치이이익!

악신룡의 권능으로 만들어진 갑옷이 녹아내리며 신성이 드래곤과 함께 밑으로 추락했다. 마치 진득한 용암 안에 빠진 것 같은 느낌이 들었다. 드래곤의 몸에 박혀 빠져나올 수 없었다. 드래곤의 몸이 순식간에 식어버리며 단단히 굳어버렸다.

콰앙!

신성은 그대로 드래곤과 함께 바닥에 처박혔다. 신성의 강렬한 저항에 드래곤의 몸이 부서져 버렸지만 속박에서 벗어나지는 못했다.

신성은 고개를 들어 아르카다즈를 바라보았다. 아르카다

즈의 손에 들린 검에 모든 물질이 빨려들어 왔다. 검이 점점 커지더니 작은 빌딩처럼 커져 버렸다.

아르카다즈와 함께 검이 하늘로 치솟았다. 검 끝이 신성을 향해 기울었다.

그그그그극!

신성을 향해 떨어져 내려왔다. 공기와 마력을 태우며 불길에 휩싸여 있는 검은 대지를 가볍게 쪼갤 만한 힘을 지니고 있었다.

운석처럼 신성에게 꽂혔다.

신성은 속박에서 벗어나 다급히 두 손을 들어 검을 잡았다.

막대한 위력을 지닌 공격이기는 했지만, 이런 물리적인 힘은 신성이 충분히 감당해 낼 수 있었다. 신성이 마력을 방출하며 검을 소멸시키는 순간이었다.

푸욱!

부서진 잔해 사이로 나타난 그녀가 신성의 가슴에 검을 꽂아 넣었다.

"으윽!"

신성이 두 손으로 검을 잡아 뽑으려 했지만 스파크가 일어날 뿐이다. 신성의 눈동자가 커졌다. 검은 갑옷이 부서지며 신성이 본래의 모습으로 돌아왔다.

신성은 자신의 가슴을 바라보았다. 가슴에서부터 뿜어져 나오는 피가 검에 스며들고 있었다.

몸에 힘이 들어가지 않았다.

'힘이……?'

악룡신의 권능이 검을 통해 그녀에게 빨려들어 가기 시작했다. 단순히 힘이 빨려들어 가는 것이라면 상관없었다. 그러나 신성은 이해할 수 있었다. 그녀는 검을 통해 신성이 지니고 있는 권능을 복사하고 있었다.

아르카디즈의 뒤로 거대한 구조물이 떠올랐다. 구조물이 순식간에 완성되자 공간이 뒤틀렸다. 그러며 나타난 것은 차원의 문이었다.

그것은 지구로 향하는 문이었다.

신성의 권능을 흡수하고 증폭을 통해 차원의 문을 만든 것이다. 그것이 그녀가 마계를 벗어날 수 있는 방법이었다. 아르카디즈의 주변에서 그녀가 만든 드래곤들이 몸을 일으켰다.

"지구가 있는 곳이 핵심 차원이야. 그곳에서 세상의 정보를 흡수한 후 모두 지워 버릴 거야."

그녀가 자신의 모든 힘을 복사해 가기 전에 벗어나야 했다. 신성은 이를 악물고 검을 잡았다. 신성의 힘이 계속해서 소진되고 있었다.

그 순간 루나의 신성력이 느껴졌다.

'루나⋯⋯.'

루나의 신성력이 신성에게 움직일 힘을 주었다. 신성은 신성력을 이용해 간신히 악룡신의 권능을 발동시켰다.

휘익!

신성의 몸이 붉은 결계 너머로 이동되었다.

"크윽!"

신성은 가슴의 상처를 부여잡으며 다시 공간 이동을 했다. 간신히 차원의 문 앞으로 도달해 그 안으로 들어섰다.

차원의 문을 완전히 닫아버리고 숨을 몰아쉬었다.

신성은 비틀거리며 차원의 문밖으로 나왔다. 신성의 무릎이 저절로 굽혀졌다.

온몸에 힘이 들어가지 않았다.

CHAPTER 9

마지막 퀘스트

신성은 긴 숨을 내쉬었다. 권능을 흡수당하기는 했지만 빼앗긴 것은 아니었다. 그녀가 복사해 간 악룡신의 권능은 완벽하지 않았다. 그나마 다행이라면 다행이었다.

권능은 회복할 수 있었다.

'졌군.'

완벽하게 깨졌다. 아르케디아 온라인에서 패배는 익숙한 단어였지만 현실화 이후에는 처음이다. 예전의 패배와 다른 점이 있다면 다시 도전할 기회가 없을 수도 있다는 점이다.

신성은 방심하지 않았다. 그가 할 수 있는 전력을 쏟았다. 파괴력 면에서는 확실히 신성이 앞섰지만 아르카다즈는 그 파괴력을 간단히 뒤집을 것을 가지고 있었다. 세계의 정보를 지니고 있는 그 검은 치트키라 불러도 무방했다. 아르케디아의 정보가 들어 있었지만 불안정할 것이다. 그렇기에 그녀는 아르케디아보다 더 완벽한 차원인 지구로 가서 그 정보를 복사하려 하고 있었다.

그것을 바탕으로 새로운 세계를 만들려고 하는 것이다. 그러기 위해서는 신성이 지닌 차원의 힘이 필요했다.

'복사해 간 건 35%… 정도인가.'

다행히 그녀가 가져간 힘은 완벽하지 않았다. 그러나 지구로 향하기에는 충분한 능력이었다. 그 검을 이용한다면 효율이 극대화될 것이니 말이다.

그녀가 어떤 마음과 생각을 가지고 있는지 신성은 알 수 있었다. 절망과 분노만이 그녀를 움직이는 원동력이 되어주었다. 그런 마음을 품은 채 만든 세계가 과연 정상적인 곳일까?

신성은 알 수 있었다. 그녀는 분명 실패할 것이다.

더 이상 생각을 지속하기 어려웠다.

'최대한 빨리 회복해야 해.'

그렇게 생각하며 눈을 감자 신성의 몸이 앞으로 쓰러졌다.

신성은 정신을 잃었다.

권능 소모가 극심해 회복 상태에 들어갔다는 표현이 맞을 것이다. 육체와 영혼에 새겨진 상처 역시 심했다. 권능이 회복된다면 위험할 정도는 아니겠지만 현재로서는 대단한 상처였다.

신성이 차원의 문을 나와 쓰러지자 신성의 주변으로 신도들이 모여들었다. 차원의 문으로 탈출한 마족이 대부분이었다. 그들은 신성이 악신임을 알아차렸다.

신도들은 신성의 몸을 조심스럽게 들고 옮겼다. 가장 좋은 자리에 눕히고 조용히 고개를 숙여 신성이 무사히 깨어나기를 빌었다.

신도들이 좌우로 갈라졌다. 루나가 다급히 뛰어오고 있었기 때문이다. 루나뿐만 아니라 에르소나, 김갑진을 포함한 모두가 달려왔다.

"신성 님!"

루나가 쓰러진 신성을 끌어안았다. 이런 신성을 보는 것은 처음이다. 늘 어떻게든 무사히 견뎌냈고 어떤 적이 나타나도 가볍게 무찌른 것이 신성이었다.

루나는 신성력을 일으키며 신성의 상처를 회복시켰다. 회복은 더뎠다. 신성 마법 그 자체라 부를 수 있는 루나였지만 신성의 상처는 아르카다즈의 권능과 검에 의한 것이었다.

그녀의 뺨을 따라 눈물이 쉴 새 없이 흘러내렸다.

주변에 있던 악신의 신도들이 무릎을 꿇고 기도하기 시작했다. 그들의 간절한 마음이 신성에게 힘을 전해주었다. 그리고 반려신 루나에게도 큰 영향을 미쳤다.

루나를 중심으로 빛의 기둥이 뿜어져 나왔다. 상처 회복 속도가 빨라지기 시작하자 그제야 루나는 겨우 안도했다.

에르소나의 표정 역시 좋지 않았다. 상처를 입은 신성을 보니 왜인지 마음이 아파졌다. 에르소나는 자신이 신성에게 호감을 품고 있다는 것을 인정할 수밖에 없었다.

상처가 아물자 김갑진은 안도의 한숨을 내쉬었다.

'위기는 넘긴 건가.'

그러다가 차원의 문을 바라보며 표정을 굳혔다.

"차원의 문이……?!"

밝게 일렁이던 차원의 문이 급격히 어두워지기 시작하더니 이윽고 소멸했다. 차원의 문은 늘 밝게 일렁이고 있어야 했다. 도달할 수 있는 차원이 존재하는 한 말이다. 김갑진은 다급히 아르케넷을 통해 드래고니아 쪽에 연락했다. 초조하게 연락을 기다리다가 연락을 받고는 다시 안도의 한숨을 내쉬었다.

에르소나가 그런 김갑진을 바라보았다. 많은 생각이 담긴 눈빛이다.

"차원의 문에 이상이 생긴 것이 아닐까 해서 드래고니아 쪽에 연락했습니다. 다행히 지구로 향하는 차원의 문은 그대로라고 합니다."

"그 말은……?"

"좀 더 조사를 해봐야 알겠지만… 아무래도 마계가 사라진 것 같습니다."

아직 좀 더 조사를 해봐야 알겠지만 김갑진은 그렇게 확신하고 있었다.

마계가 사라졌다.

김갑진의 말에 모두의 표정이 굳었다. 도대체 어떤 존재가 마계를 없앨 수 있을까? 차원 그 자체를 사라지게 할 수 있을까?

김갑진과 에르소나, 그리고 다른 이들 모두가 알고 있었다.

"용신 아르카다즈……."

에르소나가 그 이름을 입에 담았다. 잠시 침묵이 내려앉았다. 게임에서조차 이길 수 없던 상대이다. 유일하게 용신을 잡은 신성에게마저 이렇게 상처를 입혔다.

용신은 더욱 강해진 것으로 보였다. 강함의 차원 자체가 달랐다. 아르케디아인들이 모두 덤빈다고 해도 힘들 것이다.

김갑진이 루나에게 다가갔다.

"루나 님, 일단 드래고니아로 가시지요. 그곳이 신성 님의 회복에도 좋을 것 같습니다."

루나가 울먹이는 표정으로 고개를 끄덕였다.

*　　　　*　　　　*

신성이 정신을 되찾은 것은 반나절이 지난 후였다. 소실된 권능이 어느 정도 회복되자 정신을 되찾을 수 있었다.

'여기는?'

신성은 푹신한 침대에 누워 있었다.

신성은 몸 위에서 묵직함이 느껴지자 자신의 몸을 바라보았다. 레아가 신성의 몸 위에서 잠들어 있고 루나는 신성의 옆에서 잠들어 있었다.

루나의 얼굴에 눈물 자국이 있다. 루나가 얼마나 자신을 걱정했는지 안 봐도 알 수 있었다. 잠들어 있는 지금도 루나는 신성을 걱정하고 있었다. 루나의 신성력이 텅 비어 있다. 계속해서 신성에게 쏟아 부었기 때문이다.

'이곳은 드래고니아로군.'

루나와 레아의 체온에 미소를 지었다. 루나의 머리를 정리해 주고 레아를 조심스럽게 옆으로 옮겼다. 이대로 계속 누워 있고 싶었다. 오랜만에 직접 이렇게 살을 맞대고 있으니 마음이 평온해졌다.

하지만 그러고 있을 상황이 아니었다. 신성은 작게 숨을
내쉬고는 냉정하게 상황을 파악하기 시작했다.

루나 덕분에 몸은 완전히 회복되었다. 애초부터 그 검은
신성을 죽이기 위함이 아니었다. 신성의 권능을 복사해 가
져가려는 의도였다. 신성을 죽이려 했다면 더 확실한 방법
이 있었을 것이다. 검에 입은 상처는 평범하지 않았지만 루
나가 모든 힘을 쏟아 부은 덕분에 완전히 회복할 수 있었
다.

악룡신의 권능은 70%가량 회복된 상태였다. 시간이 지난
다면 완벽하게 회복할 수 있을 테지만 시간이 부족했다.

'내 힘을 복사할 줄은 몰랐어.'

마계에서 결과가 어떻게 되든 끝장을 볼 수 있을 줄 알았
다. 신성이 졌어도 그녀는 마계에 갇혀 나오지 못했을 것이
다. 그랬기에 신성은 걱정을 덜 수 있었다. 하지만 상황이
급격하게 변했다.

아르카다즈는 신성이 만든 수를 모두 읽고 있었다. 애초
부터 그녀가 짠 판이었다. 신성은 그녀의 의도대로 움직였
고 결국 이 꼴이 되어버렸다.

'그녀는……?'

아르카다즈는 신성의 능력을 이용해 차원의 문을 열고

지구로 향했다. 다행히 어비스를 통과해 지구로 향하는 방법은 택하지 않았다. 그랬다면 신성이 깨어나기 전에 세상은 지워졌을 것이다.

'직접 지구로 갔으니 시간이 걸릴 거야.'

직접 차원을 넘는 것에는 시차가 존재했다. 어비스를 거치지 않고 가로질러 가는 것이기에 적어도 이틀 정도 걸렸다. 당사자 입장에서는 바로 통과한 것처럼 느껴지겠지만 말이다.

'방심했군.'

아르카다즈는 완벽한 우위에 있었다. 세계의 정보를 손에 쥐고 있었고 그 정보를 이용해 세계를 주무르고 조종할 정도였다. 이 세계는 과거와 미래, 그리고 현재가 섞여 위의 존재조차 삭제시킬 수 없게 되었다. 진정한 신에 가까워진 그녀였지만 차원의 힘은 신성의 능력이었다.

방심한 것인지 그것조차 유희라고 생각하고 있는 것인지 알 수 없었다. 분명한 것은 아직 기회가 있었다.

신성은 그녀가 만든 무대에서 내려와 있었다. 그녀가 예상하지 못한 반격의 기회를 잡을 수 있을지도 몰랐다.

절대 그녀의 의도대로 흘러가게 놔두지 않을 것이다.

신성이 몸을 일으키자 루나와 레아가 눈을 떴다. 레아가 신성의 목을 끌어안고 얼굴을 신성의 가슴에 묻었다. 신성이 다친 것은 레아에게 있어서도 큰 충격이었다.

루나가 걱정이 가득한 얼굴로 신성을 바라보았다.

"괜찮아요?"

"응, 덕분에. 당신이 아니었으면……."

"정말 다행이에요."

루나가 아니었다면 아르카다즈가 신성의 모든 권능을 복사해 갔을 것이다. 그렇게 된다면 신성이 죽지는 않더라도 두 손 놓고 멸망을 지켜볼 수밖에 없었다. 신성은 품 안에 있는 레아를 바라보았다. 말썽 부리지 않고 얌전해진 모습이 낯설었다.

"말썽 부리지 않고 잘 있었어?"

"으, 응… 아, 아니."

레아의 목소리가 작았다. 신성은 레아의 이마에 입을 맞추고 자리에서 일어났다.

신성이 있는 곳은 악신의 성이다. 방 밖으로 나오니 많은 이들이 신성을 기다리고 있었다. 그들은 신성이 회복된 모습을 보고 반색했다.

신성이 김갑진을 바라보았다.

"현재 상황은?"

"서울 상공에 거대한 균열이 나타났습니다. 차원의 문과 같은 모습입니다."

김갑진이 정보창을 띄워 신성에게 보여주었다. 서울 상공에 거대한 차원의 균열이 생겨 있다. 그곳을 통해 아르카다즈가 나올 것이 분명했다. 아직 제대로 활성화가 되지 않은 것을 보면 시간이 남아 있었다.

김갑진과 에르소나, 그리고 모두가 설명을 요구하는 시선으로 신성을 바라보았다. 신성은 겪은 일을 설명해 주었다. 신성의 말을 들은 모두의 표정이 굳었다.

"좀 더 생각해 봐야 할 문제인 것 같습니다만… 일단 비밀로 해두지요."

침묵을 제일 먼저 깬 것은 김갑진이었다. 루나와 레아가 신성의 손을 잡았다.

신성은 모두를 바라보며 입을 떼었다.

"세계의 종말을 막는 것이 먼저야."

모두 고개를 끄덕였지만 난감한 표정이다. 갑작스럽게 마지막 퀘스트가 시작된 것이니 말이다. 그것도 세계를 없애려는 무지막지한 용신과의 일전이다.

"세상의 종말이라……. 어찌 보면 식상한 이야기로군요. 전형적인 RPG 게임의 스토리입니다."

"그게 실제라는 것이 문제지."

김갑진의 말에 신성이 대답했다.

물러날 곳은 없었다. 패배하게 된다면 모든 것이 사라지게 되니 말이다. 지금까지 쌓아온 모든 것을 퍼부어야 했다.

"내가 시간을 벌 테니 그동안 모두에게 협력을 구해."

신성은 그렇게 말하고 바로 순간 이동을 했다.

차원의 문을 넘어 지구에 도착하자마자 바로 서울로 이동했다. 많은 사람이 하늘을 올려다보고 있었다. 피난을 가는 이들도 많아 혼란 자체였다. 아르케디아인들도 상황을 주시하고 있었다.

세이프리는 비상 체제에 들어간 지 오래였다.

그럴 만도 했다. 하늘에 새겨진 차원의 균열은 대단히 섬뜩한 모양이었다. 마치 하늘이 유리처럼 조각나 그 파편이 떨어져 내릴 것만 같았다.

지금도 그 균열은 점점 커지고 있었다.

활성화되고 있어 하루가 지난다면 완전히 열리게 될 것이다.

신성은 하늘로 날아올랐다. 빠르게 치솟아 차원의 균열 앞에 섰다. 차원 너머로 강렬한 존재감이 느껴졌다.

종말이 지구를 향해 다가오고 있었다.

신성은 악룡신의 권능을 일으켰다. 모든 권능을 일으키니 차원을 간섭할 수 있게 되었다.

[꼬여라.]

신성은 아르카다즈가 오는 길을 꼬아버렸다. 차원의 통로가 길게 늘어나며 꼬이기 시작했다. 아르카다즈가 차원의 통로에서 영원히 길을 잃었으면 좋겠지만 희망 사항일 뿐이다.

대부분의 힘이 소진되자 거친 숨이 저절로 내쉬어졌다. 하늘에 새겨져 있던 차원의 균열이 옅어졌다.

'한 달 정도는 버틸 수 있을 거야.'

신성이 지금 할 수 있는 최선의 방법이었다.

아르카다즈가 알아차렸을 테지만 차원의 통로 안에 있는 이상 방법이 없었다.

'이제······.'

최후의 전투를 벌일 좋은 장소가 필요했다.

서울은 전투에 적합한 장소가 아니었다. 차원의 문이 열리면 서울 자체가 지도상에서 사라질 것이다. 신성은 차원의 균열을 다른 곳으로 옮길 생각이다.

남은 한 달을 유용하게 써야 했다. 신성은 싸움에 대비할 수 있는 가장 좋은 곳이 떠올랐다.

신성은 잠시 휴식을 취했다. 권능이 어느 정도 회복되자마자 그랜드캐니언으로 이동했다. 신루도 가까이 있고 드래고니아로 향하는 차원의 문과도 제법 가까웠다.

그랜드캐니언은 여러 가지 전략을 세우기에 가장 좋은 곳이었다.

신성은 차원의 균열을 그랜드캐니언으로 끌고 왔다.

모든 권능과 마력이 사라지자 피곤함이 밀려왔다. 그것에 대해서는 걱정하지 않았다. 한 달이라는 시간을 벌었으니 모든 힘을 완전히 회복시킬 수 있을 것이다.

문제는 아르카다즈를 어떻게 막느냐는 것이었다.

*   *   *

세상은 조용했다. 세상의 종말이 다가오고 있음에도 세상은 평소처럼 돌아가고 있었다. 물론 혼란도 있었지만 예상한 것만큼 크지는 않았다.

김갑진이 신성을 대신해 세계에 닥친 위험을 알렸다. 물론 진실을 말하지는 않았다. 다만 강력한 몬스터가 다가오고 있고 모두가 힘을 합쳐야 한다고 전했다.

세계 각국 정상들은 신성에게 협조할 수밖에 없었다. 막아내지 못하면 세상이 끝나 버리니 다른 선택지는 존재하지 않았다.

한 달.

남은 시간을 유용하게 써야 했다. 지구의 역사를 이어가기 위해서는 고민에 고민을 거듭해야만 했다. 여러 가지 고민 끝에 계획이 세워졌다.

그것은 바로 신성을 최상의 환경에서 싸우게 하는 것이었다. 지금 아르카디즈에게 대적할 수 있는 존재는 신성밖에 없으니 그것이 유일한 방법이었다.

"빨리빨리 움직여!"

"시간이 없어!"

"오늘 안에 모두 옮겨야 해!"

세계에 퍼져 있는 대부분의 아르케디아인이 그랜드캐니언으로 몰려왔다. 초심자들뿐만 아니라 어비스에 진출한 이들까지 전부 대규모 공사에 투입되었다.

신성은 세이프리, 신루, 그리고 드래고니아에 있는 모든 물품과 자금을 아끼지 않았는데 그 결과 그랜드캐니언의 풍경이 그야말로 장관이었다. 하늘에는 대형 비공정과 중형 비공정들이 떠 있고 쉴 새 없이 물자를 바닥으로 내리고 있었다. 설치되고 있는 것은 부활석이었다. 세이프리와 신루, 그리고 드래고니아에서 계속해서 부활석을 만들어 이곳으로 옮기고 있는 것이다.

부활석은 신성뿐만 아니라 아르케디아인들을 죽음에서 구원해 줄 것이다.

루나와 루나의 신도들이 밤낮없이 부활석 제작에 매달린 덕분에 그랜드캐니언으로 후송된 부활석은 백 개를 넘어서고 있었다. 그러나 그것도 부족해 적어도 이백 개 이상은 설치해 그랜드캐니언 자체를 부활존으로 만들 계획이다.

그랜드캐니언은 임시로 빌리는 것이었는데 모든 일이 끝나면 다시 돌려줄 계획이다. 애초부터 신성은 이런 땅에 관심조차 없었다. 어비스라는 광활한 땅이 있으니 말이다.

'그것도 아르카다즈를 막지 못하면 없어지겠지만⋯⋯.'

부활석이 지정된 위치에 이르자 신성은 맵을 펼쳤다. 임시로 신성의 영토로 편입되어 있기 때문에 신성은 만능 삽을 마음껏 쓸 수 있었다.

더 이상 현질은 필요 없었다. 만능 삽의 정보를 이미 알고 있으니 만들어내면 되었다. 덕분에 그랜드캐니언 전체를 손볼 수 있게 되었다. 자연경관이 모두 사라졌지만 맵 정보를 미리 백업해 놓아 나중에 그것을 바탕으로 복구해 놓으면 될 것이다.

어차피 아르카다즈가 나타나면 파괴될 공간이다.

신성은 만능 삽을 이용해 부활석을 땅 깊은 곳에 숨겼다.

지구는 신성에게 유리한 곳이다. 아르카다즈는 아르케디아의 정보는 가지고 있지만 지구에 대한 정보는 부족했다. 아르케디아보다도 완성도가 높은 차원이었다.

신성은 부활석을 묻고 그랜드캐니언에 만들어진 신전을 바라보았다. 그랜드캐니언에 대규모 결계를 만들어주고 부활석을 유지해 주는 신전이다. 루나의 권능과 악신룡의 권능이 모두 발현될 수 있는 곳이었다. 루나의 힘의 대부분이 신전으로 전송되고 있었다.

신성은 악신룡의 권능으로 신전을 통해 차원의 벽을 세워 강력한 결계를 만들어낼 수 있었다. 하나의 독립된 차원이 된 것과 다름없을 것이다. 신전이 파괴되지 않는 이상 결계는 유지될 것이고 부활석 역시 제대로 작동할 것이다.

마스터 코드라 부를 수 있는 검을 지닌 용신 역시 같은 수법으로 죽음을 초월할 수 있겠지만 적어도 이 안에서는 그럴 수 없었다. 결계를 발동시키면 모든 지역이 신성의 영역이 되기 때문이다.

'이곳에서 모든 것을 끝내야 해.'

결계가 깨져 아르카다즈가 밖으로 나가게 되면 패배는 거의 확정된 것과 다름없었다. 결계와 부활석이 작동될 동안 신성은 아르카다즈를 없애야만 했다.

할 수 있을지 의문이 들었지만 해야만 했다. 굳은 표정으로 주변을 바라보고 있는 신성에게 김갑진이 다가왔다.

"보통이라면 그 어떤 몬스터도 이곳에서 빠져나가지 못할 테지만… 용신은 아니겠지요."

"내 힘의 일부를 가지고 있어. 시간이 걸리겠지만 가만히 놔두면 빠져나가겠지."

악룡신의 힘을 복사해 간 것이 너무나 크게 작용하고 있었다. 그녀에게 스스로 찾아가 지구로 향하는 열쇠를 준 격이다. 결계는 멸망이 오는 시간을 늦출 뿐이지 해결 방법이 될 수 없었다.

신성은 고개를 돌려 한창 훈련 중인 아르케디아인들을 바라보았다. 멀리 떨어져 있었지만 악룡신의 눈에는 바로 옆에 있는 것처럼 보였다.

"쓸데없는 용기는 집어치워라! 신전을 지키는 것에만 집중한다! 자그마한 틈이라도 보여서는 안 돼! 다시!"

"하압!"

"핫!"

신전을 지키는 수비대는 에르소나가 지휘하고 있었다. 그 많은 아르케디아인을 지휘할 수 있는 역량을 지닌 이는 에르소나뿐이었다. 에르소나는 신전을 지키는 일에 총력을 다할 것이다.

아르카다즈를 막는 것은 신성의 역할이었다.

아르카다즈가 홀로 이곳에 나타난다면 좋겠지만 그렇지 않을 것이다. 그녀가 만들어낸 드래곤을 보았기 때문이다.

"루나 님께 가보지 않으셔도 괜찮습니까?"

김갑진이 물었다. 신성은 고개를 끄덕였다.

루나는 레아와 함께 세이프리에 있었다. 세이프리에서 루나의 탑을 통해 신성에게 힘을 전해주고 있었다. 이곳에 세워진 신전에도 대부분의 힘을 보내주고 있었다. 루나는 지금 눈을 뜨는 것조차 버거울 것이다.

레아는 신성과 함께 이곳에서 싸우고 싶어 했지만, 루나의 곁에서 루나에게 힘을 전해주는 것이 더 도움이 되었다.

"레아도… 꽤 어른스러워졌지."

"요즘 들어 얌전해졌더군요."

"그게 오래갔으면 좋겠는데 말이야."

"그렇지는 않을 겁니다. 곧 말썽을 부려 지구에 큰 영향을 줄 것 같습니다."

신성의 품에서 떨어져 울먹이는 레아를 떠올리니 마음이 아팠다.

레아가 신성에게 도움이 될 정도로 강했더라면 신성은 눈물을 머금고 레아를 곁에 뒀을지도 모른다. 레아가 아직 어리고 약한 것이 천만다행이었다.

'지금이라도 당장 달려가고 싶지만……'

이곳의 모두가 신성의 명령대로 움직이고 있었다. 목숨을 걸고 이 자리에 있는 것이다. 그런 상황에서 자신을 위해 루나와 레아를 보러 갈 수는 없었다. 신성의 그런 마음을 눈치챈 김갑진이 조용히 고개를 끄덕이더니 갑자기 피식 웃었다.

"갑자기 왜 웃어? 겁먹어 실성이라도 한 거야?"

"아무것도 아닙니다. 음, 두렵기는 한데 아르카다즈 때문은 아니군요."

"그럼 뭐가 두려운데?"

김갑진의 표정이 굳어졌다. 무언가 대단히 끔찍한 것을 떠올린 것 같았다.

"이 사태가 끝나고 나타날 서류 더미입니다. 여기저기에서 끌어들인 것들이 많아서… 각국 정상들도 만나야 하고 신으로서의 일도 해야 하고… 일 년 내내 스케줄이 빡빡할 것 같군요."

"하기야 그렇긴 하겠네. 보통 일이 아니니 말이야."

"주신이시여, 마치 남의 일처럼 말씀하시네요."

"그건 노동의 신, 네 일이잖아?"

신성은 김갑진을 도와줄 생각이 전혀 없었다. 모든 일이 끝나면 가족과 한가롭게 여행을 떠날 것이다. 지구의 명소를 돌아보거나 무인도를 빌려 느긋하게 지낼 것이다.

귀찮은 일은 김갑진이 모두 도맡아 해야 했다.

그는 어쨌든 노동의 신이었다. 노동의 신은 노동을 해야 진면목을 발휘하는 법이다.

신성은 그 진면목을 발휘할 수 있는 환경을 아주 철저히 제공해 줄 생각이다.

"세상이 멸망하든 그렇지 않든 저에게는 지옥이겠군요."

"음, 힘내라. 응원할게."

신성은 그렇게 말하고 피식 웃었다.

김갑진이 고개를 설레설레 저었다.

＊　　　＊　　　＊

시간은 빠르게 흘러갔다. 노동의 신 김갑진이 함께한 덕분에 공사는 예정 기일보다 빠르게 끝났다. 김갑진의 버프 효과는 대단히 강력했다. 거기다가 악룡신이 된 신성이 내려주는 버프는 경이적이었다. 작업 속도, 그리고 경험치를 한꺼번에 잡을 수 있었다.

그랜드캐니언은 전과 완벽히 달라졌다. 평지로 변한 것은 물론이고 바닥에는 커다란 마법진까지 새겨져 있었다. 마법진은 모두 신전과 이어져 있었다. 마치 아르케디아 온라인에 들어온 것 같은 신비스러운 분위기였다.

취재를 나온 기자들은 그러한 풍경을 카메라에 담기 바빴다.

신성은 기자들을 막지 않았다. 아르케디아인들이 지구를 위해 목숨을 걸고 있다는 것을 사람들도 알아주었으면 해서였다.

[최후의 성소가 완성되었습니다.]

[악룡신의 권능으로 공사에 참여한 모두의 경험치가 대폭 상승합니다.]

[S+]최후의 성소

악룡신과 아르케디아인들이 세계의 종말을 막기 위해 만든 성소. 아르케디아인의 마음과 모든 신도의 마음이 하나로 뭉쳐져 성소가 되었다. 신전을 통해 차원의 결계를 생성할 수 있고 부활석을 가동할 수 있다.

최후의 성소가 가동되는 이상 아르케디아인들은 죽음에서 즉시 부활할 수 있다. 또한 적의 랭크가 한 단계 하락하며 혼란 효과를 부여한다. 성소 안에서 루나와 악룡신의 권능이 강해지며 소모된 권능이 더욱 빠르게 회복된다.

마지막 퀘스트를 위한 무대였다.

힐러들에게 힐을 받아가며 공사에 참여한 모두가 최후의 성소를 바라보며 환호했다.

신성은 눈을 감아보았다. 루나와 레아의 마음이 느껴졌다. 그리고 아르케디아인, 지구인의 마음 역시 신성에게 닿고 있었다. 루나가 신성에게 권능을 빌려주고 있는 덕분에 긍정적인 마음도 신성에게 힘을 주었다. 지구를 뒤덮고 있는 부정적인 것들 역시 신성의 권능을 강화해 주었다.

'마지막일 수도 있으니 파격적으로 가자.'

신성은 악룡신의 권능을 일으켰다.

악룡신의 권능을 이용해 아르케디아인들에게 퀘스트를 내려줄 수 있었다.

[악룡신의 퀘스트가 업데이트되었습니다.]

[S+]악룡신을 도와 세상의 종말을 막자.

세상의 종말이 다가오고 있다.

사악한 아르카다즈가 세상을 멸망시킬 것이다. 그랜드캐니언에 있는 신전을 보호하여 위대한 악룡신의 힘이 되어주자.

퀘스트가 성공할 경우 참가자 전원에게 많은 경험치와 마력 코인, 그리고 아이템이 지급된다. 또한 기여도에 따라 좋은 보상이 주어지니 힘을 내도록 하자.

기여도에 따른 특별 보상.

1위 : 칭호 부여

[S]용사(레전드)

가장 용맹한 아르케디아인에게 부여되는 칭호.

악룡신을 도와 사악한 아르카다즈를 막은 것은 마왕을 무찌른 것 따위와는 비교할 수 없는 업적일 것이다. 이 칭호를 얻은 자에게는 용사의 힘이 내려진다.

*모든 스텟 상승 +130
*이성의 호감도 및 친밀도 +30%
*루나의 축복
*악룡신의 축복
*용사 전용 무기, 방어구

2위~5위 : 신성 랭크 부여

[A]하급 신
신분 상승의 기회.
성향에 따라 루나와 악룡신 휘하의 신이 될 수 있다. 신성 랭크를 획득하게 되면 각자의 특기에 따라 신으로서의 권능이 개화된다. 외모 보정도 이루어지고 인기도 높아지니 참고하도록 하자.

*신의 권능

*외모 보정 30%

신성이 생각해도 정말 파격적인 보상이었다. 신성이 퀘스트를 내려 보내자 아르케디아인들이 모두 크게 놀랐다.

"오, 대박!"

"보상이 장난 아니야!"

"잘하면 신이 될 수도 있겠는데?"

폭발적인 반응을 보였다. 순식간에 아르케넷은 이번 퀘스트에 관한 일로 도배가 되었다. 당분간은 이 일로 떠들썩할 것이다.

'다들 세상의 종말을 앞둔 것치고는 밝군.'

현재 아르케디아인들에게 무거운 분위기는 존재하지 않았다. 그동안 많은 일을 겪으며 단련된 면도 있고 세계의 종말이라는, 스케일이 너무 커서 실감이 나지 않는 면도 있었다.

신성이 그렇게 생각할 때였다.

지잉!

마치 하늘이 깨져 버리는 것 같은 소리가 들려왔다. 신성은 고개를 돌려 차원의 균열을 바라보았다. 차원의 균열은 더욱 커져 있고 차원의 문을 보는 것처럼 일렁이고 있었다.

차원의 문이 붉은빛으로 물들며 점점 벌어지기 시작했다.

그 붉은빛은 아르카다즈의 기운이다. 붉게 물든 차원의 문은 아르카다즈가 가까이 도착했음을 알려주고 있었다.

붉은빛이 지구의 대기에 섞여 들어가자 대기가 소멸하기 시작했다.

'곧 열리겠네.'

예정보다 빨리 차원의 균열이 열릴 것 같았다. 하지만 예상 범위 안이었다. 계획한 일은 이미 완벽하게 진행되어 있었다.

[발동되어라.]

신성이 말하자 신전에서 빛의 기둥이 치솟았다.

하늘을 가르며 치솟은 기둥은 차원의 균열이 있는 곳을 덮어버리며 거대한 결계가 되었다.

하늘이 결계로 가려졌다. 푸른빛의 하늘이 황금빛으로 물들며 오로라처럼 일렁거렸다. 마치 다른 행성에 온 것 같은 아름다운 모습이다.

차원의 균열이 내뿜는 붉은빛과 결계의 황금빛이 어울려 기묘한 빛깔이 되었다. 희망과 절망이 한 곳에 존재하는 것 같았다.

에르소나와 릴리스, 김수정, 그리고 김갑진을 포함한 간부진이 신성에게 다가왔다. 신성은 고개를 돌려 그들을 바라보았다.

"대열을 정비해. 조만간 차원의 균열이 열릴 거야. 아르카다즈와 싸우는 동안 신전 수비를 부탁해. 최대한 오래 버텨줘."

모두가 고개를 끄덕였다.

에르소나가 신성을 바라보았다.

"이 일이 끝나고 나면 휴가 간다고 들었습니다만……."

에르소나의 말에 신성이 김갑진을 바라보자 김갑진이 딴청을 피우며 고개를 돌렸다.

"오, 그럼 나도 끼워줘."

"저도 함께하겠습니다."

릴리스와 김수정이 차례로 말했다.

에르소나가 먼저 이야기를 꺼내기는 했지만 잠시 망설이다가 헛기침을 했다.

"레아를 감시해야 하니 저도 같이 가겠습니다."

에르소나는 그렇게 말하고는 시선을 돌렸다.

"그래, 다 같이 가자. 갑진이는 일해야 하니 제외하고."

"하, 하하, 너무하시는군요."

신성의 말에 김갑진의 얼굴에 그림자가 드리워졌다.

이제 곧 마지막 퀘스트가 시작될 것이다.

최후의 결전만이 남게 되었다.

                    *   *   *

　신성은 침묵 속에서 아르카다즈를 기다렸다. 모든 준비가
완료되었지만 불안한 것은 어쩔 수 없었다. 신성은 그런 마
음을 다스리며 차원의 균열을 바라보았다.

　'왔군.'

　시간이 지날수록 균열이 더욱 커졌다. 붉은빛은 하늘에
거대한 태풍을 만들며 공간을 먹어치우고 있었다. 신성은
아르케넷을 통해 준비할 것을 명령했다.

　아르케디아인들이 포진해 있는 신전에 싸늘한 침묵과 무
거운 긴장감이 내려앉았다.

　아르카다즈의 강력한 존재감이 느껴졌다. 드디어 그녀가
바로 앞에 도착한 것이다.

　트드득!

　균열이 뜯겨 나가는 것 같은 소리가 들려왔다. 벌어진 틈
으로 마치 뱀처럼 붉은 기운이 뿜어져 나오기 시작했다. 그
붉은 기운은 차원의 균열을 잡더니 더욱 크게 벌렸다.

　마치 하늘이 비명을 지르는 것 같은 소리가 들려왔다.

　차원의 균열이 커다란 구멍을 만들어내며 완전히 열려 버
렸다.

　검은 구멍 주위로 붉은 기운이 회오리치며 소름 끼치는

광경을 만들어냈다. 그 모습이 마치 우주에나 있을 블랙홀을 보는 것 같았다.

신성뿐만 아니라 아르케디아인 모두가 멍하니 구멍을 바라보았다. 아르케디아 온라인과는 전혀 어울리지 않는 끔찍한 모습이었다. 아무것도 없을 것 같은 구멍에서 무언가 쏟아져 나오기 시작했다.

'드래곤……!'

드래곤이 쏟아져 나오고 있었다. 높은 계급의 드래곤은 아니었지만 충분히 성룡이라 부를 수 있는 크기였다. 수십 마리가 넘어갔기에 아르케디아인들이 모두 감당하는 것은 무리였다.

신성은 악룡신의 권능을 일으켰다.

[사라져라.]

쏟아져 나오던 드래곤이 하나둘씩 바닥으로 추락하기 시작하더니 가루가 되어 흩날렸다. 드래곤에는 아르카다즈의 권능이 깃들어 있어 악룡신의 권능이 제법 많이 소모되었다. 이것이 그녀가 노리고 있는 것인지도 몰랐다. 일부러 뒤늦게 나타나는 것을 보면 말이다.

손해만 있는 것은 아니었다. 막대한 경험치가 아르케디아인들에게 전송되었다.

'상관없겠지.'

권능이 얼마나 소모되든 큰 상관은 없었다. 어차피 신성의 권능은 아르카다즈에게 통하지 않았다. 상처를 줄 수 있을지는 몰라도 치명상을 남길 수는 없었다.

신성이 노리는 건 그것이 아니었다.

거대한 검은 구멍이 서서히 닫히기 시작했다. 검은 구멍이 완전히 닫히기 전 하얀 원피스를 입은 여인이 나타났다.

용신 아르카다즈가 드디어 지구에 도착한 것이다.

천천히 하늘에서 내려와 바닥을 밟았다.

그녀가 주변 공간을 둘러보았다. 차원의 결계에 갇혀 있다는 것을 깨닫곤 고개를 설레설레 내저었다.

"뭘 꾸미나 궁금했는데, 생각해 낸 것이 겨우 이거야?"

그녀가 존재하는 것만으로도 차원의 결계가 흔들렸다. 신성에게서 복사해 간 힘을 제대로 다루고 있었다. 신성의 힘을 전부 완벽하게 복사해 가지 못해 천만다행이었다.

신성은 그녀의 앞으로 이동했다. 처음부터 전력으로 기세를 끌어 올린 신성의 모습에 그녀의 눈썹이 찌푸려졌다.

"널 죽이고 싶지는 않았지만 어쩔 수 없네."

그녀의 눈빛이 안타까움으로 물들었다. 신성은 유일하게 자신을 이해해 줄 수 있는 자였다. 자신과 가장 잘 어울리는 존재였다.

그녀가 그런 감상에 빠져 있을 때 신성이 먼저 달려들었다. 기습에 가까웠지만 자존심 따위는 접은 지 오래였다. 이러한 작전을 세울 때부터 자존심은 사라지고 없었다. 신성의 마음속에 남아 있는 것은 아르카다즈를 막겠다는 의지뿐이었다.

휴면족일 때와 비슷했다. 그때 역시 어떤 식으로든 아르카다즈를 없애고 퀘스트를 완료해야겠다는 생각밖에 없었으니 말이다.

신성의 뻗은 손에서 거대한 마력이 뿜어져 나왔다. 암흑으로 물든 마력이 대지를 가르며 그녀의 몸에 꽂혀들어 갔다. 강력한 공격이었지만 그녀에게는 통하지 않았다. 손에 들린 검을 휘젓자 간단히 신성의 공격이 막혀 버렸다.

신성은 그에 그치지 않고 아르카다즈에게 공격을 퍼부었다. 암흑의 기둥이 치솟아 오르며 주변을 뒤흔들었다. 신성의 공격은 마법을 초월한 형태였다. 손을 휘두를 때마다 브레스와 같은 레벨의 마력이 터져 나갔다. 멀리서 본다면 세상이 멸망하는 듯한 모습일 것이다.

"소용없어."

아르카다즈가 검을 휘두르자 모든 것이 사라졌다. 그녀는 순식간에 신성의 앞으로 이동해 신성의 가슴에 검을 쑤셔 넣었다. 심장이 박살 나자 신성의 몸이 흐려지기 시작했다.

아르카다즈의 눈빛이 의아함으로 물들었다. 충분히 피할

수 있는 공격이었는데 그대로 죽을 정도의 상처를 입힌 것이다. 아르카다즈가 검을 빼려고 하자 신성이 그녀의 손을 잡았다.

신성의 손이 곧 가루로 변해 버렸다.

"무슨 짓이지?"

당황한 그녀의 표정이 보였다. 대답해 줄 의무는 없었다. 그동안 신성이 그녀가 짠 판에서 놀아나는 인형이었다면 지금은 그 반대였다. 신성의 모습이 완전히 사라졌다. 겉으로만 본다면 신성은 죽음을 맞이한 것과 다름없었다.

신성이 숨을 내쉬며 눈을 떴다. 몸은 다시 재구성되어 있었다.

'첫 죽음이군.'

신성은 바닥 깊은 곳에 있는 부활석의 힘으로 다시 살아났다. 막대한 힘이 소모되었지만, 소모된 힘은 루나의 권능이 회복시켜 주었다. 검이 꽂혔던 곳을 바라보았다. 그곳에는 아직 검의 기운이 남아 있었다.

악룡신의 권능으로 그 기운을 녹여냈다. 신성은 아르카다즈를 뛰어넘는 권한을 지니고 있었다. 그녀가 검을 통해 더 높은 곳으로 올라갔더라도 그것은 변하지 않았다.

그녀는 가슴에 꽂힌 검을 오랜 세월에 걸쳐 분석했지만 신성은 그렇게 하지 않아도 되었다. 오랫동안 그가 사용한 검이고 과거의 그녀와는 비교도 되지 않는 권한과 힘을 지니고 있었다.

신성은 다시 그녀의 앞에 섰다. 신성이 멀쩡한 모습으로 나타나자 그녀가 신성을 노려보았다.

"부활석을 이용했군."

"예전 생각이 좀 나지?"

"그때와는 달라. 어차피 쓸모없는 짓이야."

아직 그녀는 신성의 본래의 의도를 눈치채지 못하고 있었다. 신성은 그녀가 깊이 생각할 틈을 주지 않았다. 정면으로 달려들어 그녀에게 모든 것을 쏟아 부었다. 대지가 박살나고 공간이 일그러졌지만 그녀는 멀쩡했다.

그녀가 든 검이 신성의 몸을 난자했다. 악룡신의 권능이 가볍게 사라지며 신성의 몸이 바닥에 쓰러졌다. 마력 스킨 따위는 검 앞에서 없는 것과 마찬가지였다.

서걱!

검이 몸을 가르자 다시 한번 죽음을 맞이했다.

신성이 다시 살아났다. 성소에 깔린 수많은 부활석은 신성을 몇 번이고 되살려 줄 수 있었다. 신성은 검에 담긴 것들이 점차 이해가 되었다. 그 근원적인 부분만 이해할 수 있다면 저 검에 대적하는 것 역시 가능했다.

'조금만 더……!'

신성은 계속해서 살아나 그녀와 대적했다. 죽음의 횟수가 수차례 계속되자 그녀는 신성의 행동에서 수상함을 느끼기 시작했다. 전력을 퍼붓고 죽었지만 단순히 자신을 막기 위함이라고는 볼 수 없었다.

[나타나라!]

그녀의 말에 주변에 수많은 몬스터가 나타났다. 그녀는 차원의 결계 때문에 부활석을 찾지 못했지만 모든 힘이 집중되고 있는 신전을 발견할 수 있었다.

신전을 향해 수많은 몬스터가 몰려갔다. 그녀가 직접 갈 수는 없었다. 신성이 앞을 막아섰기 때문이다. 검 때문에 우위에 있기는 하나 육체 스펙은 신성이 앞서고 있었다.

신성은 신전 쪽이 신경 쓰였다. 그러나 지금은 그들을 믿는 수밖에 없었다. 조금만 버텨준다면 반전의 기회를 잡을 수 있었다.

그녀가 고심하는 모습을 보이자 신성은 다시 달려들었다. 공간을 도약하며 그녀에게 공격을 퍼부었으나 역시 결과는 달라지지 않았다.

그녀가 신전으로 향하기 시작했다. 그녀는 신성이 꾸민 일이 무엇인지는 모르지만 신전을 없애 버린다면 그 계획이 모두 사라질 것이라 생각했다.

다시 살아난 신성은 신전 쪽을 바라보았다. 수많은 아르케디아인이 몰려오는 몬스터들을 힘겹게 막아서고 있었다. 몸을 던져가며 막아냈다.

휘이이잉!

하늘에 떠 있는 대형 비공정들이 그대로 바닥을 향해 빠른 속도로 꽂혀들기 시작했다. 대형 비공정 안에는 무지막지한 폭탄이 가득 실려 있었다.

콰아아아앙!

대형 비공정이 바닥에 떨어져 내릴 때마다 불기둥을 만들며 몬스터들을 쓸어버렸다. 그럼에도 불구하고 몬스터의 숫자는 좀처럼 줄어들지 않았다. 아르카다즈의 주변에서 계속해서 나타났기 때문이다.

신성은 신전으로 향하는 아르카다즈의 앞을 막았다. 아르카다즈가 멈춰 서서 신성을 바라보았다.

"무엇을 꾸미든 간에 소용없어."

아르카다즈의 말도 일리가 있었다. 몬스터들이 아르케디아인들을 도륙하며 신전을 포위하고 있었다. 아르케디아인들이 살아나기는 했지만 부활 속도가 죽는 속도를 따라가지 못하고 있었다.

신전이 무너지는 것은 시간문제였다. 신전이 무너지면 부활을 더 이상 할 수 없고 차원의 결계가 해제될 것이다. 신성이 부활할 때까지도 시간이 조금 걸리니 아르카다즈가 직접 신전에 도착할 수도 있었다.

"이제 끝이야."

그녀가 신성을 향해 선언했다. 이번에는 그녀가 먼저 신성을 향해 달려들었다. 무엇을 꾸미고 있든 저 신전이 박살나면 모두 허사가 될 것이다. 자신보다 높은 권한을 지니고 있지만 검 앞에서는 모든 것이 무의미했다. 그녀는 그렇게 생각하며 신성에게 검을 휘둘렀다.

그녀는 또 한 번 찾아올 신성의 죽음을 의심치 않았다.

휘이익!

어마어마한 기세를 뿌리며 신성의 목을 향해 검을 휘둘렀다.

티잉!

신성의 손이 검날을 잡았다. 본래라면 손이 잘려 나가며 목이 떨어졌겠지만 이번에는 결과가 달랐다. 신성의 손이 찢어지며 깊은 상처가 생겼다. 그러나 손을 잘라내지는 못했다. 아르카다즈의 당황한 표정이 보인다.

'이런 것이로군.'

수많은 죽음 끝에 신성은 검에 담긴 정보를 이해할 수 있었다. 검은 세상을 이루고 있는 근원에 접촉할 수 있는 열쇠 같은 것이었다. 검을 이용해 시스템에 접근하여 조종할 수 있는 것이다.

그 정보가 악룡신의 권능에 새겨졌다. 신성의 주변에 수많은 정보창이 떠올랐다. 신성을 나타내 주는 정보부터 주변에 있는 아이템에 대한 정보까지 나타나며 주변을 빼곡하게 메웠다.

신성이 검날을 쥔 손에 힘을 주자 창들이 하나둘씩 치지직거리다가 모두 사라졌다.

"설마……?"

아르카다즈가 신성이 한 일을 깨달았다. 자신이 오랜 세월 동안 흡수한 것을 수십 번의 죽음을 바탕으로 이해한 것이다.

그녀는 다급히 신전을 향해 손을 뻗었다. 붉은 기운이 뿜어져 나가며 거대한 드래곤이 나타났다. 마계에서 본 드래곤보다 훨씬 컸다.

그 드래곤이 바닥을 가르며 신전을 향해 나아갔다.

모든 아르케디아인이 멍하니 그 드래곤을 바라보는 순간이었다.

쨍그랑!

신성이 잡고 있던 검날이 깨졌다. 절대 파괴될 것 같지 않던 검이 유리처럼 깨지며 그 파편이 휘날렸다.

그 순간 모든 것이 멈추었다. 바닥을 향해 떨어지는 파편도 그 자리에 정지되었다. 신전을 향해 날아가던 드래곤 역시 마치 사진을 보는 것처럼 그대로 멈춰 있다.

세상 모든 것이 정지된 것이다.

그 정지된 세상에서 신성과 아르카다즈만이 움직이고 있었다. 아르카다즈가 손에 든 검을 내렸다. 검은 박살 나 제 기능을 할 수 없었다.

"오류가 났군."

그녀가 말했다.

모든 것이 멈춰 정적만이 가득한 세계가 되었다. 신성은 그녀에게 시선을 돌렸다. 검은 부서져 작동하지 않았다. 검이 부서짐으로써 운영되고 있던 세계가 멈춘 것이다. 검이 없는 아르카다즈는 세계를 파괴할 수 없었다. 세계를 다시 구축할 수도 없었다.

그녀의 손에 들린 검이 바닥에 떨어졌다.

잠시 침묵이 내려앉았다. 그녀가 무슨 마음인지 신성은 알 수 있었다. 분노를 넘어 절망을 느끼고 있었다.

"이번에도 이렇게 된 건가. 그렇게 오랜 세월을 버텼는데 결과는 변하지 않는군."

"예전과 같았다면 한참 전에 승부가 났을 거야."

루나의 도움이 없었다면 신성은 세계는 이미 멸망했을 것이다. 에르소나와 김갑진, 릴리스, 김수정을 포함한 다른 아르케디아인들이 없었더라면 신성은 지금 이 자리에 있을 수 없었다.

아르카다즈는 강한 힘을 지니게 되었지만 변하지 않았다. 어쩌면 스스로가 가짜라고 생각해 변화를 거부한 것인지도 몰랐다. 가짜라는 좌절감에 한계를 정해놓은 것일 수도 있었다.

*　　　*　　　*

신성은 작게 숨을 내쉬었다. 이런 상황이 된 것은 그도 예측하지 못했다. 검을 부수면 아르카다즈의 힘이 사라질 것으로 예상했지만 세상에 오류가 날 줄은 몰랐다.

따지고 보면 신성의 승리라고도 할 수 없었다.

"비긴 건가."

신성의 말에 아르카다즈가 고개를 저었다.

"네가 이겼어. 세상을 없애지 못한다면 내가 존재할 의미는 없지."

아르카다즈의 몸이 무너져 내리기 시작했다. 그러자 세상이 점차 바뀌어갔다.

그녀가 검을 놓는 순간 그녀는 모든 권한을 잃었다.

그녀가 해놓은 모든 것이 사라지며 과거와 같은 세상으로 복귀하기 시작했다.

신성은 무너지는 그녀의 몸을 품에 안았다. 그녀는 서글픈 미소를 지으며 신성을 바라보았다.

"위의 존재가 좋아하겠군. 지독한 바이러스가 사라졌으니 말이야. 네가 이겼으니… 이제 네가 선택하도록 해."

그녀의 몸에서 붉은 보석이 떠올랐다. 그녀의 권능이 집약되어 있는 근원이었다. 신성의 몸으로 붉은 보석이 빨려 들어 왔다. 그 순간 신성을 나타내는 모든 정보창이 부서져 사라졌다. 레벨도, 경험치도, 스킬 포인트도 신성에게 의미가 없어졌다.

신성은 아르카다즈를 바닥에 눕혔다. 신성이 붉은 보석을 흡수하자 그녀 역시 정지되었다.

"선택……"

드드드!

신성이 손을 휘저었다. 그러자 차원이 갈라지며 거대한 균열이 나타났다. 그곳으로 들어가자 검은 공간이 펼쳐졌다. 지구가 있는 차원보다 훨씬 위에 있는 공간이었다.

얼마를 나아가자 저 멀리 빛이 보였다. 방문이 열린 것처럼 빛이 나오고 있었다.

신성은 안으로 들어섰다. 거대한 공간이 나타났다. 그 공간은 모두 컴퓨터 같은 기계들로 채워져 있었다. 알 수 없는 연산식이 떠올라 있고 전선이 가득했다.

가운데에는 커다란 기둥이 있었는데 신성은 그것이 지금 차원을 조정하고 있는 세계의 근원임을 알아차렸다. 보통 세계의 근원 같은 것이면 세계수와 같은 아름다운 나무를 떠올릴 수 있겠지만, 신성의 눈에 보이는 것은 차가운 기계로 만들어진 기둥이었다.

기둥이 갈라지며 인간 형태의 존재가 나타났다. 여성이었는데 표정이 없어 로봇처럼 느껴졌다. 그 존재가 신성을 관찰하듯 바라보았다.

[오류 발생. 시스템 정보 확인… 확인 불가. 선택, 무시. 무시 완료.]

그녀는 신성의 정보를 읽으려 했지만 읽어내지 못했다. 아르카다즈의 바이러스와도 같은 권능 때문이었다.

"너와 대화할 수 있다고 생각하지는 않아."

신성이 그녀를 바라보며 말했다.

위의 존재는 자신과 차원이 다른 존재라는 것을 이해하고 있었다. 신성이 무슨 말을 시도해도 그는 알 수 없었고 그 역시 마찬가지였다.

[백업 데이터 복구 완료. 복구 시작.]

그녀의 말에 주변에 있는 기계가 모두 작동하기 시작했다. 위의 존재는 모든 것을 초기 상태로 되돌리려 하고 있었다. 아르카다즈가 사라졌으니 복구를 시도하는 것이다.

신성이 손을 뻗자 바닥에 있는 전선들이 뜯겨 나왔다.

[오류, 오류 발생. 무시 불가.]

신성은 그녀를 바라보았다.

"저 세계는 내 거야. 내 걸 건드리게 놔둘 수는 없지."

신성은 탐욕의 신이었다.

저 세계는 신성의 것이었다. 그 누구도 자신의 것을 빼앗아갈 수 없었다.

진짜가 무엇이든 그런 건 중요하지 않았다.

그녀가 신성을 바라보았다. 무표정한 얼굴로 신성을 관찰하듯이 보고 있다. 신성은 위의 존재가 자신을 확인했음을 알아차렸다.

신성은 씨익 웃었다. 그 미소는 무척이나 사악했다. 모든 권능을 일으키며 입을 떼었다.

[나와라, 암흑 촉수]

신성의 앞 공간이 일렁이며 암흑 촉수가 뿜어져 나왔다.

아르카다즈의 권능이 깃들어져 있어 암흑 촉수는 모든 것을 흡수할 수 있었다.

암흑 촉수가 꿈틀거리는 촉수로 주변의 기계를 먹어치웠다. 그러고는 인형처럼 서 있는 그녀의 앞으로 다가갔다. 그녀가 고개를 갸웃거리며 암흑 촉수를 바라보았다.

[정보 확인 중······.]

크르르르!

순식간에 뻗어나간 촉수가 그녀를 집어삼켰다. 정보 따위는 직접 그 안에서 확인해야 할 것이다.

"모두 먹어버려."

신성의 말에 암흑 촉수의 몸집이 더욱 커졌다. 신성이 있는 공간만큼이나 커져 모든 것을 먹어치웠다. 시스템이 암흑 촉수에 의해 흡수되었다. 기계들이 촉수에 묶여 제법 기괴한 형태가 되었다.

위의 존재가 접속을 시도했지만 먹히지 않았다.

신성은 시스템을 통해 거짓 정보를 보냈다. 그러자 천장이 갈라지며 전선이 달린 눈동자 하나가 내려왔다. 위의 존재와 직접 연결된 라인이었다.

신성이 보낸 거짓 정보에 낚인 것이다.

'걸렸군.'

눈동자가 주위를 살피다가 신성과 눈이 마주쳤다. 신성은 부드러운 미소를 지으며 눈동자에게 다가갔다.

쿠욱!

신성은 눈동자를 한 손으로 잡고 아르카다즈의 권능을 눈동자에 쑤셔 넣었다. 그녀의 모든 정보와 힘을 눈동자에 넣었다. 이 세계에 치명적인 바이러스 역할을 한 것이 바로 아르카다즈였다.

눈동자가 붉게 물들기 시작했다. 위의 존재가 무언가를 느낀 듯 다급히 눈동자를 회수했다.

"그럼 고생해."

신성은 사라지는 눈동자를 보며 그렇게 말했다. 위의 존재가 있는 세상에 그러한 바이러스가 발생한다면 그 세계는 누가 처리할까?

오랜만에 무척이나 통쾌한 기분이 들었다.

신성은 흡수한 시스템을 이용해 차원을 완전히 분리했다. 위의 존재는 이제 이 세계에 대한 권한을 완전히 잃었다. 접근조차 할 수 없을 것이다.

암흑 촉수에 의해 장악된 시스템으로 신성은 세상을 다시 가동했다.

변한 것이 전혀 없는 세상이었다.

아르케디아 사태가 일어나기 전의 세상으로 돌릴 수 있었지만 신성은 그렇게 하지 않았다.

신성은 암흑 촉수를 바라보았다.

신성은 아르카다즈가 원한 것처럼 위의 존재와 같은 권한을 지니게 되었다. 세상을 마음대로 주무를 수 있는 힘이 있었다. 세계를 다시 만들 수 있는 권능이 몸 안에서 꿈틀거렸다.

신성은 고개를 저었다.

[권한 포기.]

신성이 권한을 포기하자 그러한 힘이 사라졌다. 암흑 촉수가 사라지며 거대하던 방이 점점 좁아지기 시작했다.

접근 권한이 사라졌기에 쫓겨나고 있는 것이다.

어쩌면 세계가 멸망으로 달려갈 수도 있었다.

재앙이 발생해 큰 위기가 닥쳐올 수도 있었다. 하지만 신성은 세계를 바꾸지 않기로 했다. 위의 존재와 같은 권한이 있다면 세계는 아무리 발버둥 쳐봤자 거짓된 것에 불과했다. 멸망하든지, 더 나아가 번영을 하든지 그것은 모두의 행위가 결정하는 일이었다.

뒤집고 바꿀 수 있는 것이 아니었다.

'내 것이니까 멸망하게 놔두지는 않을 테지만 말이야.'

신성은 피식 웃었다. 어차피 세상은 자신의 것이었다. 루나가 있으니 올바른 방향으로 나아갈 수 있을 것이다. 신성이 방에서 튕겨져 나왔다. 열린 균열을 통해 다시 본래 있던 장소에 도착했다.

세상은 다시 돌아가고 있었다. 아르카다즈가 소환한 모든 몬스터는 사라지고 없었다. 고개를 내려 아르카다즈가 누워 있던 곳을 바라보았다. 아르카다즈는 사라지고 없었다. 그녀의 정보 전체가 없어졌다.

'지금쯤 위의 존재에게 닿았겠지?'

신성은 그녀 전체를 아예 위의 존재에게 전송해 버렸다. 아르카다즈도 신성이 내린 답을 무척이나 마음에 들어할 것이다. 신성은 인생의 숙적을 없애 버려 좋았고 그녀는 위의 존재를 파괴할 수 있는 기회를 얻어 좋을 것이다.

결계가 약해지며 사라졌다. 푸른빛의 하늘이 나타났다.

늘 봐오던 하늘이지만 더 아름답게 느껴졌다.

"이, 이겼다!"

"와아아아!"

신전을 지키고 있던 아르케디아인들의 함성이 들려왔다. 거짓된 승리가 아닌 진정한 승리를 쟁취한 날이었다.

에필로그

세계가 변했다.

늘 변화하고 있었다.

주신 루나의 보살핌 아래 지구는 평화롭게 변해갔고 마력은 세상을 더욱 윤택하게 만들었다.

마석의 출현은 없었지만 어비스의 몬스터는 여전히 출현하고 있어 많은 아르케디아인과 지구인들이 어비스로 향했다.

많은 학자들이 지구 역사상 유례없는 평화를 맞이했다고 떠들어댔다.

'심심하기는 하지만 평화가 제일 좋지.'

신성은 선글라스를 낀 채로 해변에 누워 있었다. 그의 손에는 엘릭서로 만든 레모네이드가 들려 있었다. 주요 권한을 잃은 탓에 예전과 같은 권능은 없었지만 물질 창조 정도는 가능했다.

레모네이드의 맛은 정말 일품이었다.

신성은 선글라스를 내렸다.

해변에서 놀고 있는 레아가 보인다. 에르소나는 엘레나의 몸에 오일을 발라주고 있고 릴리스는 김갑진에게 바닷물을 먹이며 좋아하고 있었다.

김수정과 사르키오, 그리고 토미는 무언가 이야기를 하고 있었는데 대단히 진지했다.

모든 사태가 끝나고 신성은 모두와 함께 휴가를 떠났다.

기왕 가는 거 루나가 고생한 이들을 모두 데려가자 해서 모두 데려온 것이다. 무인도 하나를 통째로 개조해 휴가 장소로 쓰고 있었다.

결계까지 쳐놓았으니 누구도 접근할 수 없었다.

"허어, 그런 혜택이 있다니."

"연구 자료도 모두 제공해 주는 건가요? 대단해요!"

사르키오와 토미의 말에 김수정이 고개를 끄덕였다.

"지금 사르키오 님도 하급 신의 자리에 입후보되셨습니다."

"크, 크흠, 일을 계속할 자신이 없는……."

"하급 신이 되면 젊어지실 수 있습니다. 인기도 많아지겠지요. 휴먼족을 초월하는 것이니 아마 엘프들에게도 인기가 많을 겁니다."

"허, 허허허허! 진지하게 생각해 보겠습니다."

사르키오의 말에 김수정이 씨익 웃었다. 그러고는 김갑진에게 신호를 보냈다.

김갑진이 릴리스와 물놀이를 하면서도 슬쩍 엄지손가락을 치켜들었다.

루나가 신성의 곁으로 다가왔다. 수영복을 입고 있는 루나는 아름다웠다.

"오일 발라 드릴까요?"

"그럼 부탁해 볼까?"

바를 필요는 없었지만 분위기가 중요했다. 루나가 신성의 곁에 앉았다.

"그러고 보니 임명되었던 용사가 사퇴서를 냈더군요."

"그래?"

"음, 김갑진 님이 퀘스트를 잔뜩 준 모양이에요. 서류 작업이나 잡일 같은 것만 준 것 같아요."

신성은 고개를 끄덕였다. 에르소나가 기여도 1위를 했지만 에르소나는 엘레나의 호위를 해야 한다는 핑계로 다른 이에게 넘겨주었다.

김갑진이 용사를 철저히 부려먹은 모양이다.

신성은 피식 웃고는 바다를 바라보았다. 레아가 바다에서 주운 불가사리를 엘레나에게 보여주며 자랑했다. 그것을 지켜 보고 있던 릴리스가 거대한 문어를 들고 레아의 앞에 나타났 다.

"어떠냐? 하하핫! 이 몸에게는 아직 이르다! 봐라! 이 아름 다운 다리를!"

"크웃!"

릴리스가 레아를 비웃었다. 레아가 인상을 찡그리더니 바닷 속으로 사라졌다. 릴리스가 한참 동안 주변을 경계했지만 레 아는 나오지 않았다.

그 순간이었다. 바다에 검은 그림자가 떠올랐다.

푸웅!

무언가 거대한 것이 바다를 뚫고 나타났다. 루나는 신성의 몸에 오일을 발라주다가 고개를 돌려 릴리스 쪽을 바라보았 다. 신성도 마찬가지였다.

레아가 커다란 상어를 들고 나타났다.

릴리스의 표정이 굳었다.

요리를 하기 위해 바다에서 나와 해변에 서 있던 김갑진이 흥미로운 듯 상어를 바라보았다.

상어가 꼬리를 마구 휘저었다. 릴리스가 바닷물을 흠뻑 뒤집어썼다.

"그런 문어 따위, 상어에게는 한입거리도 안 돼!"

"으윽!"

분한 것인지 릴리스가 바닷속으로 사라졌다.

릴리스가 나타났을 때 모두는 릴리스를 바라볼 수밖에 없었다.

거대한 흰긴수염고래가 그녀의 손에 들려 있었기 때문이다.

"말리기 힘들겠지요?"

"아마도……."

에르소나가 난리를 피해 신성의 옆으로 피신 왔다. 그 주위에 있다가는 저 소동에 휘말릴 것이 틀림없었기 때문이다.

신성은 부드럽게 웃으며 모든 풍경을 눈에 담았다.

이 세상이 살아 있는 이상 이러한 광경은 사라지지 않을 것이다.

"그럼 나도 놀아볼까."

"자, 잠깐!"

신성은 에르소나를 들고 바다에 던졌다. 옆에 있던 엘레나도 던졌고 김수정과 사르키오, 김갑진도 날려가 바다에 처박

했다.

　그러고는 루나의 손을 잡고는 바다에 뛰어들었다.

　휴가는 이제 시작되었을 뿐이다.

『드래곤 레이드』 완결

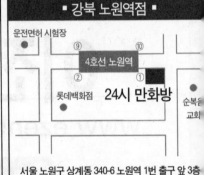
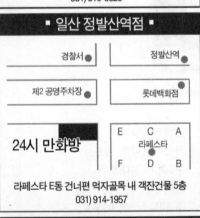
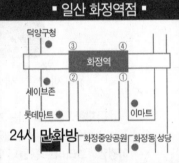
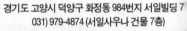
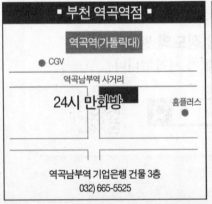
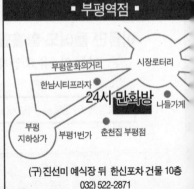